青春 青海

瞿弦和 张筠英 著

中国戏剧出版社
CHINA THEATRE PRESS

图书在版编目（CIP）数据

青春　青海 / 瞿弦和，张筠英著. -- 北京 : 中国戏剧出版社，2023.12
ISBN 978-7-104-05443-6

Ⅰ. ①青… Ⅱ. ①瞿… ②张… Ⅲ. ①回忆录－作品集－中国－当代 Ⅳ. ①I251

中国国家版本馆CIP数据核字(2023)第227380号

青春　青海

责任编辑： 赵宇欣
责任印制： 冯志强

出版发行：	中国戏剧出版社	
出　版　人：	樊国宾	
社　　　址：	北京市西城区天宁寺前街2号国家音乐产业基地L座	
邮　　　编：	100055	
网　　　址：	www.theatrebook.cn	
电　　　话：	010-63385980（总编室）　010-63381560（发行部）	
传　　　真：	010-63381560	

读者服务：010-63381560
邮购地址：北京市西城区天宁寺前街2号国家音乐产业基地L座

印　　刷：	北京鑫益晖印刷有限公司
开　　本：	787mm×1092mm　1/16
印　　张：	12.5
字　　数：	230千字
版　　次：	2023年12月　北京第1版第1次印刷
书　　号：	ISBN 978-7-104-05443-6
定　　价：	158.00元

版权专有，违者必究；如有质量问题，请与出版社联系调换。

前 言

青海是我的第二故乡,它在我的人生中留下了浓重的一笔。

青春可贵,青海可爱。本书中我和筠英记录下了我们对青海的爱。

它的天空让我成长,它的土地让我纯洁,它的人们让我温暖。

瞿弦和

1965年瞿弦和人物速写

1973年瞿弦和人物速写

(洪兰航绘)

目　录

前言　　　　　　　　　　　　*01*

大西北的明星团　　　　　　　*001*

古城台大院　　　　　　　　　*015*

玉树风雨行　　　　　　　　　*025*

在民和农场锻炼　　　　　　　*033*

球衣比球技好　　　　　　　　*041*

湟水畔的记忆　　　　　　　　*048*

倒轮闸自行车　　　　　　　　*063*

平房印记	*074*
大镜门与西门的联想	*083*
大柴旦、格尔木重遇学友	*092*
岁月印证的友情	*104*
北京—青海之一　焦虑的春天	*120*
北京—青海之二　闷热的夏天	*132*
北京—青海之三　收获的秋天	*149*
北京—青海之四　温暖的冬天	*160*
青海八年八台戏	*168*

大西北的明星团

瞿弦和

家里卧室面积不大,床两侧却摆放着两个按摩椅。一个是儿子新近为我们添置的多功能新型按摩椅,另一个是使用多年、早期较为笨重型号的按摩椅,觉得质量尚可,没舍得扔。

我们夫妻俩习惯分坐两椅,同时看电视。我们习惯把电视挂在墙的高处,仰卧时也不影响视线。

我睡眠质量好,在按摩椅上一般都是几分钟内就进入梦乡。

有一天,老伴突然发现我睁着眼睛直视前方,特别专注,她奇怪地问:"怎么啦?发什么愣?""你看,电视里介绍青海呢!""又想起第二故乡啦?你的第二故乡也太多了,出生地印度尼西亚、从新加坡回国、祖籍温州、妈妈老家在嘉兴……到哪儿演出,你都说到了第二故乡!"

青海省话剧团成立的消息

不,青海不一样,我把青春献给了它。1965—1973年,我在那里生活工作了八年。

现代京剧《智取威虎山》中有一句经典台词:"八年了,别提它了。"但我却从心底呼唤着:"八年啊,青春啊,青海!"

青海省话剧团①,这可是特别时期组建的特殊团体。用现在的词说,这是大西北的"明星团"!它的成员由两批人组成,除了中央戏剧学院表演系1961届本科班的毕业生,还有文化部(今文

---

① 2002年7月,青海省话剧团与青海省京剧团、青海省平弦实验剧团合并为青海省戏剧艺术剧院。

旅部)派出的北京电影制片厂、中国儿童艺术剧院、原中国青年艺术剧院和中央实验话剧院[①]的知名艺术家。

那时,青海原有的话剧团已迁到了南京,青海省新任的省委书记杨植霖希望中央文化系统派业务骨干和新生力量支援青海,时任中央戏剧学院院长的李伯钊同志允诺:"将中央戏剧学院表演系1965年毕业班支援青海。"这也与当年毕业分配动员的口号完

曹禺、李伯钊、罗光达三位院长和中央戏剧学院表演系本科61班合影

表演、台词、声乐、形体等主课老师与中央戏剧学院表演系本科61班合影

---

① 2001年12月,中国青年艺术剧院和中央实验话剧院合并组建为中国国家话剧院。

张筠英毕业后留校任教

瞿弦和、张筠英在形体课上

全一致——"到祖国最需要的地方去"。

列入赴青海名单的有九名表演系毕业生,其中包括我,还有导演系的钱永元、舞美设计系的洪兰航、戏文系的董学诚。

其实,当时国家对归侨子女有照顾政策,在京的艺术院团也表示了让我留京工作的意愿,我的家庭那时确实有实际困难,父母年迈体弱,父亲还半身不遂、行动不便,姐姐师范学院毕业后被分配到郊区工作,不能随时照顾。父母疼爱我,当然希望我留在北京。父亲远在印度尼西亚雅加达的好友滕贵方先生还专程来京,他希望交一笔款让我留在父母身边。20世纪40年代出生的老一代人都会记得,20世纪60年代是充满激情的年代,人们真诚地热爱祖国,"党的需要就是第一志愿"是发自内心的想法,不虚伪,不说假话。

大学毕业,填写志愿表时,除了第一志愿,还有几项空格。

30年后全家与滕贵方先生在印度尼西亚合影

我在大学四年级刚刚加入共青团，有一股青春热血在心中涌动。我毫不犹豫地填写了"青海""青海""青海"，最后还写了一句"服从国家分配"！父母拦也拦不住，他们背着我偷偷地流泪。

充满激情的我还提前到正在北京汇报演出话剧《昆仑战风雪》的青海省民族歌舞剧团（今青海省民族歌舞剧院）驻地西苑旅社报到并参加演出，成为最积极的毕业生。

剧组要经内蒙古、宁夏、甘肃三省（区）巡演再返回青海西宁。我怕父母难过，没有让他们和姐姐到火车站送行，也没有通

王宗吉团长在话剧《昆仑战风雪》中扮演书记

电影演员杜德夫在电影《平原游击队》中扮演老侯（指定为青海省话剧团团长）

知任何亲友和同学，只身一人随团出发。到了站台，才发现大姨的儿子章宝哥哥来了、中学同学小陈来了，肯定是妈妈委托了他们，我还是哭了。

列车开动了，我久久不能入睡，在昏暗的灯光下，我写了第一份入党申请书，交给时任青海省民族歌舞剧团团长王宗吉。2017年，我返回青海拍摄《世纪诗人》电视艺术片并顺便去看望王团长时，已经97岁高龄、行动敏捷的老团长在楼下迎接我，第一句话就是："半个世纪前，火车上你写的入党申请书我还记得！"

电影演员张亮在电影《上甘岭》中扮演通讯员

张亮和夫人牛欣

就这样，20岁大学毕业的我走向了社会，开始了青海青春之旅。

北京调来的名演员是分批到达西宁的，引起了不小的轰动。

电影演员杜德夫身穿灰色毛料大衣，丝毫没有电影《平原游击队》中高喊"平安无事"时老侯的模样，他是来担任青海话剧团团长的。

在电影《上甘岭》中扮演通讯员、在《林家铺子》中扮演寿生的名演员张亮和他的夫人——从部队文工团转业的演员牛欣带着两个女儿来了。

电影演员袁玫在电影《北大荒人》中扮演燕子

袁玫生活照

那个年代还没有电视，人们对电影里的人物形象更为熟悉。在电影《北大荒人》中扮演燕子的袁玫是家喻户晓的明星，她到达青海时已是西宁的夏天，当她身着海蓝色短袖上衣、白裙，脚穿半高跟凉鞋出现在剧团大院时，吸引了许多人的目光，不仅是因为漂亮，更是这种装束在西北很少见，大家都觉得"开眼了"。

而毕业于北京电影学院的英俊小生杨建业，因拍摄电影《小二黑结婚》而成名，他与电影《锦上添花》中扮演"小灵通"的曹昌焕、沉稳寡言的北京电影制片厂演员杜彤（原名杜俊勇）一起到达西宁，剧团大院沸腾了，大家都说话剧团这回可出名了！

电影演员杨建业在电影《小二黑结婚》中扮演小二黑

瞿弦和与杨建业在西宁合影

电影演员曹昌焕在电影《锦上添花》中扮演小灵通

电影演员黄钟在电影《五朵金花》中扮演画家

电影演员杜彤（杜俊勇）后为北京电视台导演

那时，电影《五朵金花》是当时最受欢迎的影片之一，片中戴眼镜的采风画家的扮演者黄钟也来了。

话剧界的实力派演员也在来者之列。李丁、贾九霄夫妇当年文艺圈均知晓，他们运来的两张配套的软垫双人床格外引人注目，这可是那个时代的奢侈品。贾九霄个子不高,眼睛大大的,舞台上扮演儿童角色非常出色。先生李丁是当年苏联专家的得意门生,中央实验话剧院演出的话剧《一仆二主》展现了他的才华。头发不多,多半谢顶,可化装成两张脸,靠近脖子有一圈头发,倒着可当胡子。他一上舞台,就自然成为舞台上的中心,观众的视线马上投向他。

中国青年艺术剧院的于黛琴和北京电影制片厂的管宗祥两口子一起来了,后来大家熟知的导演管虎就是他们的儿子。当年电

话剧演员李丁、贾九霄生活照

与李丁夫妇在北京合影

话剧演员于黛琴在话剧《李双双》中扮演李双双

2023年与于黛琴在疗养院合影

电影演员管宗祥在电影《包氏父子》中扮演老包

话剧演员陈默

影《李双双》是由张瑞芳主演的,而话剧《李双双》却是于黛琴的好戏,她们俩被誉为"南北双双",把人物都刻画得栩栩如生。2023年,我随文旅部志愿者到养老院演出,意外见到了于老师,她已90岁高龄,仍在辅导老人们的业余文化活动,我们愉快地合了影,她告诉我管宗祥老师已离世,活到了百岁,儿子管虎仍在拍戏。

当年赴西宁组建青海省话剧团的还有中国儿童艺术剧院的陈

与青海省常务副省长徐福顺在北京合影

与青海省文联原主席陈士濂合影

默、李雅箴夫妇以及青艺刘凯、马力等同志。

由于"文化大革命",青海省话剧团这个明星阵容未能延续下去,人员不断变动,只有部分成员坚持在西宁,献了青春献子孙,记入史册。

曾任青海省文联主席的作家陈士濂曾在文章中回忆:"1965年夏秋之间,我所在的青海省民族歌舞剧团大院,突然冒出来一群帅哥靓妹,原来是刚从北京分来的大学生。为了支援边远地区发展话剧事业,当时中央戏剧学院李伯钊院长下了狠心,将表演系61班一半的应届毕业生分到青海。""他们像一股生气勃勃的清流,很快融入剧团工作。他们进草原、下基层,不仅需要长途跋涉,更要发挥一专多能,承担多种角色,还要参加装卸台劳动,是剧团内不可或缺的生力军。"

半个多世纪过去了,凡是在青海工作过的朋友们,仍时常回忆起这一特殊的文艺团体。

古城台大院

瞿弦和

古城台，多么富有历史感的名称。它位于青海省西宁市城西的东北角，我不想写它的历史，从1965年同赴青海的中央戏剧学院舞美系毕业的舞美设计师洪兰航的油画和舞蹈演员金韵1965年拍的《古城远眺》就可知道，这是一个有历史故事的地方。

在这个地方坐落着一个大院，那就是我在西宁的工作地——青海省民族歌舞剧团和青海省话剧团。

这个大院面积可不小，南是古城台大街，北是五四大街，有一座二层的宿舍楼和一座三层的宿舍楼，多排平房，一个操场，两个院落，再加上青海剧场，成了20世纪60年代西宁市艺术工作者的家园。翻出几张老照片，从背景上可看到篮球场、宿舍楼、平房和练功房……它们简朴、陈旧。

同赴青海的中央戏剧学院舞美系毕业生洪兰航的油画写生《古城台》

古城台远眺

和筠英在大院门口

古城台大院

大索南团长和歌队演员在操场上合影

中院小平房

练功房

作为第一个报到的中央戏剧学院的毕业生,我随《昆仑战风雪》剧组从北京途经呼和浩特、银川、兰州等地,一路巡演,到达西宁时已是初冬时节,天气已经很冷了。进了大院,演员们各回各家,迎接我的是总务科的柯少昌同志。他热情地对我说:"欢

迎你,我也是北京人,我们家在冰窖胡同,来,我帮你拿行李。"地道的京腔,透着一丝亲切感。沿着院内小路,他领我走向三层的红砖宿舍楼。那时没有电梯,更没有暖气。我气喘吁吁地爬上水泥台阶,柯少昌边走边说:"临时住房,等北京的大学生到齐了再统一安排。"走到三层最东面朝北一间房前,他推开门又说:"炉子生火了,屋里还有点冷,晚上多盖点。"

屋里确实不暖和,因为烟囱倒烟,屋里有点呛。等他走了,我把门打开散散烟,把行李和箱子都打开,开始铺床收拾。床在屋子最东北的角上,窗外面传来阵阵风声。妈妈心疼我,给我带的褥子、被子都特别厚,还有一条绿毛毯,连帆布包都是绿的。我知道,这是我们从新加坡回国时带回的,可能是妈妈想让我随时感受到母爱,心里不由得生出一丝伤感。箱子最上面是女友筠英分别前送给我的一条手绢、一张书签和一个用空心塑料丝编成的蝴蝶……好像她随着我飞到了大西北。我眼睛湿润了,连门都没关,便在没有铺好的被褥上给她写了到青海后的第一封信,想明天一早就寄走。我还起草了给爸妈的电报"已到西宁,放心",那时联系的方式除了写信就是电报。

收拾妥当,我躺在床上。窗外的风声更大了,这是在北京听不到的风声,风力好像能把这三层红砖楼吹得晃动起来,墙缝里都有风能进来……难道每天如此吗?难道这就是青海吗?沿途的劳累,使我陷入梦境,梦中我插上了翅膀,飞到了另一个世界。

第二天上午，阳光普照，西宁海拔两千多米，让人感觉离太阳更近了，照得脸上烫烫的。传达室的熊大爷笑眯眯地看着我，用南方口音问我何许人也，听我说完，他陪我走到大院门口，先用手指指右边："马路对面是个菜市场，卖菜卖肉，坡上有个小饭馆，向左是副食商场，如果不过马路，向后走，有一个邮电局，那座楼挺漂亮的，盖得挺洋气，再拐弯，就是咱们大院的后面，从青海剧场进来，就可以回你住的宿舍楼啦！"

按照熊大爷的指引，我先去了古城台菜市场，发现这里卖肉是用斧头砍，不用刀切，一次买少了不行，这里的菜也用地磅秤

今日古城台，青海省民族歌舞剧院

古城台青海话剧团旧址已成青海演艺集团的线上剧场

看分量，土豆、圆白菜个头都特别大。你想买土豆，就用大铲子给你铲上一锹。菜市场里没有平整的路，忽高忽低，不熟悉的人很容易崴脚。

出了菜市场向左，就看见了水泥建筑——副食商场。一进门就有人发现我不是常客，便好奇地问："没进来过吧？是歌舞团的？"我礼貌地回答："刚从北京来，第一次到西宁。""看你就不像当地的，我老家是山东的。在这里工作的，哪儿的人都有。今天没什么货，等来了蛋糕你来买，不过是酥油做的，不知道你能不能吃……"她告诉我，她姓鹿。后来我才知道，她是负责人之一，叫鹿翠玉。直到今天我们还有联系，退休后她回到了山东老家威

原古城台副食商场负责人鹿翠玉近照

原西宁电影院负责人陈耀

海，目前已经85岁了，她发给我一张近照，岁月不饶人啊！

离开副食店，准备过马路，抬眼看见"西宁电影院"五个大字，这可不错！那个年代没有电视，到电影院看电影可算是一种享受。没想到影院的负责人陈耀也是北京人，每逢有好影片，他都到大院里找我们这几位大学生，我们享受一种特权——免费到他那儿看电影。退休后，他去了三亚，他给我发来一张当年的旧照，在西宁电影院的院子里，他仰头凝视远方，仿佛那时就向往着"天涯海角"。

老邮电局在今日繁华的西宁变得矮小

写到这儿,也许有人会问,一个古城台大院,一个普通的白天,你在大院四周怎么就能发现那么多有趣的地方?可能是年轻吧!好奇,热爱生活,新鲜!

一看还没转完,我心想必须要围着古城台大院转上一圈。这时信没寄,电报也还没打呢!没走几步,就来到五四大街的邮电局了,在当时,这也算是地标建筑,正像传达室熊大爷所言,很洋气!在成片的平房、矮楼之中,它就像"海市蜃楼"一样,挺立在大街上,可惜门前依旧是坑洼不平的地面,走上台阶,才看见里面的大厅和柜台。走进邮电局寄出给女友筠英的信,到柜台上填写了发给父母的电报单。现在回想起来,在这个邮电局,我遇到过许多前来支援青海的人。

一次,我发现旁边的人也在往北京发报,随意问了一句:"你也给北京发电报?""我家在北京。""你也支援青海来啦?""我大学毕业,青海需要人啊!"谈话中我得知她是廖承志的女儿,名叫廖茗。

几十年后,我应中央芭蕾舞团原团长赵汝衡之邀,主持舞蹈家戴爱莲百年诞辰演出时谈及此事,她当场给她的小姑子廖茗发了信息,廖茗回复:"是啊,至今我还记得当时的情景。"并发来一张她1969年的照片。

廖茗1969年生活照

青海剧场原貌

　　来自五湖四海的人云集在西宁！我觉得很光荣，能成为那一批支援大西北队伍中的一员。顿时脚下的步履变得轻快了，我绕到五四大街青海剧场正门，脚踩在剧场门前的沙石上，发出"嚓嚓"的响声，它在对自己说："坚定地前行吧，一定要让青春闪光！"

玉树风雨行

瞿弦和

玉树藏族自治州,藏语意为"遗址",位于三江源头。

那年玉树藏族自治州州庆,歌舞团、话剧团联合组队,奔赴号称"江南"的青海玉树藏族自治州原州府所在地结古镇,并在称多县举行庆典后,兵分两路,一路去囊谦县,另一路前往最远的杂多县。我们几位话剧演员被编入杂多县分队。这个队有少数民族的舞蹈演员和歌唱演员。

没有轿车来接,来的却是一群骏马,各种颜色,配着马鞍,好威风啊!藏族、蒙古族演员从小在家乡就会骑马,自然顺顺当当地牵上了马。我们可就不一样了,有的虽早想试一试骑马,但从未骑过,也不会骑,有的害怕骑马,不敢碰。

藏族舞蹈演员才娃个子不高,是舞台上高难度技巧的担当者,

在草原上骑马

骑马水平最高。他热心地告诉我们骑马的要领，特别嘱咐脚心不要套进马镫，脚掌蹬住就行，这样一旦掉下来，也不会被马拖着跑。想让马停下来，要把缰绳往一个方向拉，若两手往后使劲，马会越跑越快。

我是第一次骑马，我喜欢坐在马鞍上，觉得特别风光，才娃给我找了一匹浅棕色的高头大马，蹄子是白色的，他说这是一匹"走马"，意思是跑起来不颠，是向前的感觉。我高兴地爬上去，哎呀，还没坐稳，它就跑开了，才娃大喊，提醒我："向左拉缰，向一边使劲儿！"嘿，真管事，马居然停下了，他高兴地说："第一关过了。"

歌唱演员李惠琴，个子高，胆子小，刚走近马就大叫起来："我害怕！"才娃笑了笑，给她选了一匹母马，旁边还跟着一匹小马驹，他说："这母马不会跑快，它会关照小马。"李惠琴半信半疑地在大家的帮助下骑了上去。

谁知马群有个特点，只要有一匹马带头跑起来，整个马队就会一起向前奔跑，才娃看大家都准备好了，喊了一声"嘚啾"，马队就飞快地狂奔，只听见各种叫声掺杂在一起，笑声、哭声、喊声……什么也没用，你只能硬着头皮，随着马队而去。

演出队集体骑马过河

同去青海的大学同班同学赵尔康，仰仗着有体操功底，身体好，毫不害怕，可是他掉下马的次数却最多，好在他牢记要领，没被马镫套住，加上草原的草高厚实，摔下来也无大碍，他摔一次就喊一声："真过瘾啊！"

过了一片草地，我们来到河边，沿着山脚下的小路前行。这里有一句谚语："草原的天气，孩子的脸，一会儿一个变。"明明艳阳高照，却突然暴雨倾注，气温骤降。大家把马鞍上垫的军大衣穿上御寒。谁知想不到的景象出现了：河水猛涨，很快淹没了小路，我们仿佛在水中骑行，水已没过了马肚，大家把脚连同马镫跷起，紧张的眼睛直愣愣的。才娃又大声告诉大家："不要怕！马认路，它不会走进河里！"

很快，雨停了，太阳又出来了，河水迅速下降，路又露出来了，真是虚惊一场。

过了河边，进入山谷，马队突然停下了，领头的是蒙古族舞蹈演员齐美德，她骑的是一匹枣红色的蒙古马，仰着头，不肯前行，齐美德叫了一声："有熊！"大家往山坡上一看，一只棕熊正在望着马队。可能是它觉得人多，停顿了一下就往山上跑去，大家没敢吱声，整个马队快速前行。

终于看到杂多县县委大院了，四面都是院墙，墙内是一排平房，工作人员架起了两堆篝火，让大家把湿透的军大衣烤干。

演出就在县委大院外进行，我不仅演了两个人的小话剧《关

青海省民族歌舞剧团舞蹈演员齐美德（蒙古族）和狄梅香（汉族）

不住的小老虎》，还和舞蹈演员一起跳了藏族舞蹈《欢乐草原》，这个舞蹈的素材是才娃家乡的，与大家常看的藏族舞不同，动作幅度大，特别是出场时，右手与右脚的配合十分有跳跃感。这舞是蒙古族舞蹈演员兰本教的我，他还表扬我说："不错，学得挺像的！"半个世纪后，我们重聚在西宁，他们献了哈达给我。在饭店舞台上我们又再次跳起《欢乐草原》，可惜编舞者、教我骑马的才娃已经过世了。

在草原上演出话剧《关不住的小老虎》

三十多年后重逢再跳《欢乐草原》

我在歌舞团唱了一年歌,跳了一年舞。少数民族的演员,非常亲切善良,他们希望我们融入那个集体,我还跳过《洗衣歌》,我担任班长,齐美德演"小卓嘎",最后担起水桶的舞步,我现在还记着呢!

在杂多县演出现场,还有几位来自北京的观众,他们都是援青的干部,看到话剧后激动地表示:"真亲切,很久没看过了,好像回到了北京!"那个年代,有相当多的青年人,响应党的号召,战斗在内地、在边疆，他们从大城市到条件艰苦的杂多县工作。

我真想从相册中找一张杂多县的老照片，无果。中央电视台中文国际频道刘导邀我参加"向经典致敬"栏目，内容是关于《黄河大合唱》，不仅讲述第三段《黄河之水天上来》的恢复及首演的经历，还要与西北民族大学合唱团合作，在指挥家曹丁的率领下演唱《保卫黄河》。

西北民族大学合唱团的老师是藏族人，名叫扎西朋达，交谈时他说自己是青海杂多县人。我告诉他，我去过，他惊讶极了："什么？您去过我家乡？"当我讲述这段经历后，他紧紧握住我的手，重复地说："一定要再来，杂多变化可大了！"

在中央电视台"向经典致敬"栏目的演出中与杂多县歌唱家扎西朋达同台

杂多县民族中学

我问道:"县委大院还在吗?"他从手机里找出一张照片,"这就是当年的县委大院",它位置好,没有拆,改成民族中学了。看着印象中的大门,看着照片上的平房,"玉树杂多风雨行",又浮现在眼前。

在民和农场锻炼

瞿弦和

我在青海工作期间,没有"海东"的称谓,人们习惯地说"东部农业区",后将"青海湖"以东改成海东区。黄河流经化隆、循化、民和三县,而黄河最大的支流湟水也流经青海东部的互助、乐都。

站在岸边,我望着一往无前的水流,思绪是不平静的,在民和的部队农场劳动锻炼给我留下了刻骨铭心的记忆。

那个时期,从中央到地方所有的文艺团体都必须下放到农场。我和筠英婚后,有了儿女,不仅要经受夫妻分居生活的煎熬,还要随单位奔赴农场。两个孩子只好交给双方的老人,筠英所在的中央戏剧学院到天津军粮城、张贵庄的部队农场,我所在的青海省歌舞团、话剧团则前往位于青海民和的原兰州军区中川农场。

50年过去了,对农场的印象仍记忆犹新,那一排排的营房、那成片的玉米地、那些土路、那挑水的洼地……当年不可能有摆拍照相的可能,连照相机都难得一见,没有历史照片,可农场撤销了,还会有遗迹吗?哪怕是残垣断壁呢?

我朗诵过中国诗歌学会的美女诗人马文秀的作品,我知道她是青海乐都人,家乡还有一些亲戚朋友。当我向她表述了愿望后,很快有了回音:"农场旧址还在,我让朋友去拍几张照片,通过手机发给你。"哇!从手机中点开照片,我一眼就看出这些平房就是我们当年的营房,那烟囱就是当年的炊事班。

青海民和中川农场旧址

在民和农场锻炼

青海省民族歌舞剧团独唱演员张桂芬

青海省话剧团话剧演员王稔

在平房尽头的拐角是现成的墙面，好似课堂里的黑板一般大小，我们当时称为"墙报"，每天一换，刊登大家思想改造的体会心得。这里经常有美文佳作出现，不少才子、才女大赞才华，其中歌唱演员张桂芬、话剧演员王稔的短文总会引起围观，成为

大家赞誉的话题。

张桂芬写的《割麦子》,还被农场油印了出来,钢板刻字的快报记下了她的"心得":

> 割麦子,多美的事呀!刚到部队农场第一眼就看到那无边无际的金黄色的麦田,真让我心里说不出的开心!我唱起了"麦浪滚滚望不到边……"电影里看到过的割麦子的场面,多潇洒、多自由。
>
> 今天我终于拿起了镰刀,跟着大伙要下地割麦子了。结果呢?镰刀不听话,甩不出去,收回来又时不时碰到我的左脚。好在我穿了双厚皮鞋,否则肯定脚指头要受伤了。看看左右两边的同事,再抬头一望前面,呀!有人割那么快,那么整齐,把我落得好远哟!我这一着急吧,更不行了,左手抓着的麦秆,一镰刀下去会剩下一些割不下来,左手乱,右手软,镰刀也挥不起来了。此时的我,大口呼吸,嘴巴干得不能说话,满脸的汗往下滴,浑身热得好像近近地守着干柴火堆……完了,我肯定割不到头了。
>
> 此时,我们歌队的刘德霞笑着朝我走了过来:"别急,慢慢来,歇会儿!"说着帮我把割下来的麦子收拢到一起,捆好。我又割了起来。

在民和农场锻炼

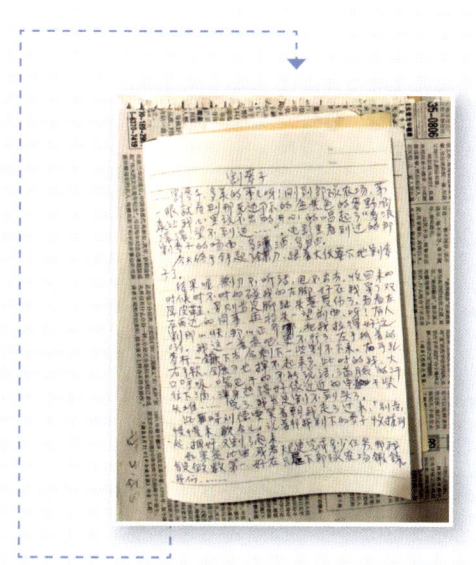

歌唱演员张桂芬日记本上的原稿

如果是比赛或者是规定完成多少任务，那我肯定是倒数第一，好在这是下部队农场锻炼。

后来成为著名编剧的王稔是位"奇才"，他的心得体会短而奇，其中有一篇叫《从70公分说起》，我印象特别深。我们每间宿舍都是大通铺，住八个人，褥子都铺不开，王稔量了一下告诉大家，每人只能占70公分！可以想象，躺上去是很难翻身的。他在文中写道："伸一下腿就踢到别人，翻个身就搂到邻居。"多么形象的描述啊!

在部队农场要经过"紧急集合"的考验,演员们闹出不少笑话。独唱演员张桂芬回忆:半夜里突然听到口令"不准开灯,五分钟打背包站队",屋里顿时一片混乱,有穿错鞋的、有系错扣的、有打不成背包的,我是最后一个冲出去的,还没站稳就随着"立正、向右转、跑步走"的口号出发了。

王稔可不紧张,每次都是第一个跑出去,最早站在那里。后来才发现他藏了一个打好的小背包,听到口令,迅速穿上鞋,背上就跑出门。我们围着他说:"你小子真贼!"他会还你一个狡黠的微笑。

青海省话剧团七位中央戏剧学院毕业生游泳照

在民和农场锻炼

玉米大丰收后,我们话剧团的小伙子要完成回收玉米秸的任务,每人一辆手推车,或叫排子车,各自从地里抱上玉米秸,装满拉走,各干各的速度慢,枯燥无味。赵尔康、林萌和我商量了一下,建议来个"多拉快跑",六辆小推车一字排开,大家一起装车,装满高高的一车再装下一车,六辆车全部装满,再一起高喊:"发车!"小车队在土路上排成一行,就像拍电影一样,若是高机位俯拍,那肯定是"庆丰收"的镜头。

中央戏剧学院全班同赴青海的个个都是好样的,关键时刻都能挺身而出,在部队农场锻炼时多次建功。

我们的生活用水,要从小小的水洼挑上来,那个水洼,既不是湖,又不是塘,比水坑大一点。水桶不重,难在没有立足之处,坡下站不稳,容易滑倒。王德才、何天龙换上短裤,光着上身跳进水中,将木桩打入洼底,再铺上横木,搭成了一个稳固的取水台。从此无论什么天气,挑水都没问题,指导员特别在会上进行了表扬。

炊事班的队列中也有我们的身影,红案、白案都能干几下。那天说改善生活,要杀一头猪,谁都知道,杀猪,刀要从猪嘴里进去,捅至猪心,可没想到把猪抓住摁倒没那么容易,我们六个小伙连续扑向猪身,几乎是一起压在猪身上,才把它控制住。没有特殊的刀,靠的是步枪上的刺刀才完成宰杀工作。

左季谷和我负责炒菜,那可不是家用的小锅,炒菜铲都像铁锹一般,想挥动时,腰、腿要呈各种姿态,左季谷说:"大学形

70年代初夫妻合影

体课上学的'全身关节组合'都用上了,真得感谢形体老师的培养呀!"

我们连队有一匹白马,非常温驯,勤勤恳恳地为大家服务,马厩就在平房的旁边,我们时不时地过去看看它,拍拍它的脖子,抚摸它,它似乎很通人性,会摇摇头跟你亲热一下。

有了草原上骑马的锻炼,独自搭上马鞍,系紧,已经很熟练了。大家可以轮流向指导员申请,骑马去民和镇上发个电报,寄封家书。我每次骑马去镇上,都会在小饭馆前的树旁把马拴好,走进去要一盘摊鸡蛋,一口气吃光,解个馋,过个嘴瘾。办完事回程不用你操心,白马会安全驮你回营房,这是最舒心的时刻。

球衣比球技好

瞿弦和

妈妈是体育教师,还记得她在北京女十一中任教时,我去过学校的体育教研室——四面厅,之所以有此称号,是因为四面都是玻璃窗,既可以看见操场,又能望见校园内的假山石。

教研组的哈庆慈先生、青影彤先生都是那个时代的体育健儿,青先生是少有的网球高手。教研室里有篮球,我曾抱起篮球玩,妈妈说:"拿球方法就不对,双手持球,不能把球贴死,手掌与球要有空间。"

一天,妈妈回家已过了平时吃晚饭的时间,她那时骑一辆二六的女车,风风火火,每天忙忙碌碌,进门后先把一个袖标放在桌上,橡皮筋绑着一个白色方形布块,上面写着一个仿宋体的"紫"字,她笑着说:"今天下午,教工女篮在什刹海球场打比赛,

北京女十一中史料版图中的四面厅

妈妈在新加坡南洋女中任体育教师

中央戏剧学院篮球场

我是紫队的!"难怪她要纠正我持球的姿势呢!

也许是受妈妈的影响,不论是在北京二中校门对面的操场上,还是在中央戏剧学院宿舍楼前的篮球场,我都喜欢打篮球。运球、传球、三步上篮都会,可我从来不够参加校队、院队的资格。相反,夫人筠英在大学里却是校队队员,队长叶向真总把她放在首发阵容,用不了几分钟,筠英就会喊:"换人,没劲儿没劲儿啦!"向真大喊:"再坚持一会儿!"筠英看我打篮球,总会讽刺我:"跳得挺高,没用,拿不着球儿,更进不了球儿!"好伤自尊啊!

青海省话剧团成立,我怀着一颗在篮球场上风光一把的愿望,执意要成立话剧团篮球队。从北京电影制片厂来的杨建业在北京就是打篮球的好手,不仅球打得好,姿势还特别帅,颇有八一队国手刘玉栋的风格,当然,杨建业比刘玉栋更早。再加上我中央戏剧学院同班同学一米八的何天龙,上海来的郜树义,山东来的赵同秋,农八师文工团来的卞志航,可以说这个篮球队有相当不错的阵容。

先不说水平如何,重要的是球衣!那个时代的话剧《刺刀见红》中有句台词:"首先要给人一种精干和帅的印象。"我力主篮球队的球衣为绿色背心、白色短裤,背心上印"话剧团"三个字。

哇,果然效果极佳!在西宁市打比赛,尽管场场输球,但我们篮球队一出场总是满堂彩,每个人均以演员上台的感觉跑进球场亮相,还在膝盖处套上当年的松紧护膝,似乎都是专业运动员,

青海省话剧团篮球队合影，
背心上"话剧团"三个字格外显眼

青海省话剧团篮球队入场

起码是区代表队的！

　　说实话，在篮球队有许多难忘的情景。一是我们话剧团与歌舞团的比赛，场地是到部队农场锻炼时的球场，篮球架与众不同，

和孙儿靓靓一起打篮球

独立一根木柱撑起一块木板，篮球筐上的网子已被风沙吹得七零八落，残余的网条摇来晃去。哨声响起，弹跳力极强的撒拉族舞蹈演员跳球，却被电影演员杨建业勾手拿球，他快速地向前场运球，歌舞团球员均知杨建业是高手，围追堵截，防止他中距离跳投，没想到他突然分球给我这个右边锋，真是恰到好处，一个三步上篮，球打板进筐。两团的演员齐声叫好！我得意忘形地跑着，这是我篮球生涯中"前无先例，后无来者"的进球，终生难忘！如今年纪大了，陪小孙子打球时，我脑海中还会浮现出当年进球的情景。

北京人民艺术剧院那年到青海演出，著名导演林兆华是其中的成员，他是我们老师辈儿的大师哥，我们考入中央戏剧学院时，他们是毕业班，我们观摩了他们演出的毕业剧目《罗密欧与朱丽叶》，林兆华那高高的身材与灵巧的击剑令人羡慕，我一直以为他一定会打篮球。我热情地邀请他们到青海省话剧团来看一看，联欢一次，赛一场篮球。林兆华老师应允了到团，却再三强调他不会打篮球。但师弟的盛情难却，他便硬着头皮上场啦！他没有说假话，真的不会打！站在篮下，双手高高伸起，球砸到头上了，都没接住。北京人民艺术剧院小分队，人数不多，又有高原反应，这场球当然是我们穿着专业球衣的赢了！可赢得并不光彩，林兆华导演笑着对我说："你们在这儿工作可真不容易，代表北京的师哥、师姐向你们问好！"

终于有一次参加篮球联赛的机会了，而且还有运动员入场式。我的同班同学王德才一表人才，据说招生时就想把他当作男主角培养，他根本不会打篮球，但经常充当"领队"，我们穿球衣，他穿干部服，走在最前面。他比赛中还会要个"暂停"，指着球筐不停地比画，说得都不对，但别人误解他是"教练"。我这个好面子的年轻人又鼓动我们队开大轿子车入场，大院里有一辆很少出行的大轿子车，车身是淡绿色的，司机小王平时只开卡车，他告诉我："车的钥匙我有，车也没毛病，就是太脏了，你们得好好冲洗一下。"我主动请缨，刷洗车厢，西宁的自来水格外凉，激动之中，水滋进了袖管，本能地抽手，打在车内的立杆上，父亲给我的"铁他式"手表的表蒙都裂了,可我兴奋得不管不顾,还让中央戏剧学院同班同学、毛笔字写得最好的王稔写了"青海省话剧团"六个大字,贴在大轿子车的身上。当大轿子车开进会场时又成了一道风景,引起全场的关注。

李丁老师是最爱看球的,每逢青海省话剧团有篮球比赛,他都是最积极的观众。他从不大喊大叫,他只会皮笑肉不笑地站在场地边。他一出现,看球的人就会对他指手画脚,顾不上看球了,不知在说什么,反正就觉得这位同志特殊,形象特别,表情特别,还来回踱步,看不出他是向着哪一边。等球赛结束,你问他怎么样,他会摇头晃脑地说:"又打了一场娘儿们球!"

爱看球的李丁老师

湟水畔的记忆

瞿弦和

黄河的支流称湟水，其中有几条河均流经青海省互助县。这个县是全国唯一的土族自治县，是土族最多、最集中的地方。

青海省民族歌舞剧团的保留节目中有土族舞蹈《迎亲》。舞蹈场面热闹、欢快，每场歌舞晚会都安排在高潮部分。

而想真正了解土族的婚礼迎亲过程，你必须身临其境。我调回北京后，仍留在青海工作的中央戏剧学院同班好友王稔又邀我赴互助县采风，体验生活。

通过这次难得的机会，我认识了土族婚礼的传承人董思明，他陪同我们观看了迎亲的全过程，并做了详细的介绍。

董思明，个子很高，很帅气，待人亲切很有礼貌。他能讲标准的普通话，他对土族传统的婚礼有着深刻的了解，并把整个流

土族婚礼传承人董思明

青海省民族歌舞剧团金韵、陈克强表演《迎亲》

青海省民族歌舞剧团齐美德、狄梅香在土族舞蹈《迎亲》中的表演

在牧区喝奶茶

程诠释得清楚而有条理。

那天观看现场展示后,他把我们一行五人请进屋里,盘腿坐在土炕上,炕上整洁干净,品茶时,他强调说:"婚礼是土族人一生最重要的礼仪,反映了土族人的价值观念、宗教信仰和思维方式。载歌载舞是土族婚礼的基本特征,贯穿于土族婚礼的全过程,土族人能歌善舞,性格开朗豁达。"

前来娶亲的两位娶亲人,土族人称"纳什金",到女方家大门时,阿姑们关闭大门唱起问答歌《唐德尔玛》,娶亲人则从外

在北京人民大会堂赠送青绣作品

面回答,回答要正确,否则进门很困难。多么有特色、有内涵的习俗啊!

董思明每天要接待来自全国各地的游客,但他对文艺界的朋友格外热情,那天还请我们品尝了互助县的烤全羊。

互助县的青绣也是青海各民族世代传承的非物质文化遗产,它的传承代表人苏晓莉,是热心于青海民族事业发展的代表人物之一。我在青海工作期间,她还没有出生。后来,由中央数字电视书画频道等主办的"大美之春"联欢会在北京人民大会堂举

行，她作为青海代表来到北京，向晚会赠送了大幅青绣《青海清水湾》，她希望我为《青绣之歌》朗诵几句，歌中唱道："青青的山，蓝蓝的海，昆仑之巅，湟水河畔，一针一线，舞动指尖，绣山水，绣人文，绣出大美新生活。"我能为第二故乡献力，机会难得，我当即用手机录下了"青绣，展示民族团结，青绣，特色文化，走向世界"。

说到互助县，人们自然会想起"互助大曲"，那是用青稞制成的白酒。土族婚礼传承人董思明请我喝过，青绣传承人苏晓莉后来也给我寄过。还记得我第一次喝它，是在大学毕业后到西宁不久的一次聚会上。青海当地人告诉我："这是老牌子。"我看了一下酒瓶上的商标，觉得有点老气、陈旧，人家马上补充一句："好喝，不上头。"

我随着大家喝了一口，先是觉得嗓子热了一下，很快脸就红了，心跳加速了，头也开始晕了。谁说不上头？青海的朋友开始以为我在表演，慢慢才发现，是真的不行，我忍不住跑出去吐了。后来才知道，不是"互助大曲"厉害，而是我根本没酒量，对酒精过敏，喝什么酒都不行，喝一点点，全身都会红，一直红到脚丫子，不是爽快，而是难受。

但第一次喝"互助大曲"，却让我发现了当地的一种风俗，那就是划拳。酒宴热闹非凡，声音嘈杂，划拳的叫喊声此起彼伏，似乎高声者必胜，胜者必声高。

我从未划过拳，但觉得很新鲜。我在一旁仔细看，原来这种划拳很有意思，反映出你的思维是否敏捷。两人出拳，如果你喊出的数等于你出的数和对方出的数相加的总和，你就赢了，胜一拳，对方就要喝上一杯。

俗话说"好拳怕乱捶"，一般的高手跟不相识的对手划拳，前几次都有意识输你几拳，但他却从中发现了你出拳的习惯，喜欢出几。掌握了你的规律，高手就不会再让你了。我第一次尝试，根本没有规律，手指头怎么比画还没弄明白，属"乱捶"类，对方抓不到你的习惯，所以赢多输少。手指出拳有严格的规定，大拇指代表"1"，而大拇指和中指的组合代表"2"，代表"3"的是大拇指、中指、无名指同时出……这还真需要练习呢！

朋友们都知道我没酒量，我划拳时，总有人替喝，因我胜拳率高，替喝者若是"酒鬼"，可就坐不住了，往往找个借口就离席了。渐渐地我居然成了"划拳高手"，我可以同时与两人对划，左右手出不同的数，竟然有时会全胜，大多是一胜一负，当然也有两拳败北。

我喜欢这种氛围，联欢庆贺，只要环境允许，在不扰民、不影响团聚的前提下，它可以作为一种游戏，既锻炼了脑子，又活动了手指，还可以清清嗓子。

直到现在，那些充满民俗的酒令，还时常浮现在我的脑海：

"螃蟹一呀，爪八个，两头尖尖这么大的个。"

"高高山上一头牛,两个犄角一个头,四个蹄子分八瓣,尾巴长在腚后头。"

"哥俩儿好啊!"

不仅"猜拳行令"在青海流行,各种小吃在西宁也很有特色。

刚到青海省民族歌舞剧团不久,我就随小分队到煤矿慰问演出。现在想起来,仿佛我命中注定要与煤矿工人结缘。在中央戏剧学院学习期间,曾参加社会主义教育的"四清"运动,作为工作队员的我们,体验生活的第一项就是参观阳泉矿务局① 一矿。穿上矿工服、坐着拉煤的一辆辆煤车,沿着平巷到井下参观。这次去的是青海省大通矿务局的小煤洞矿,矿上没有剧场,我们是在露天为矿工演出的。街上有很多小摊,卖酸奶的挺多,我嘴馋,买了一碗,真好吃啊!据说青海酸奶家家在吃,人人爱吃,它不是乳液状而是膏状,白色有乳香味,直到今日"青海老酸奶"还是有名的小吃呢!后来我调回北京,再带领中国煤矿文工团演出队去青海省大通矿务局演出,陈德明局长还特意陪我到老街上买了一碗酸奶,让我回味当年的味道。

"凉拌鹿角菜"也是青海特有的,鹿角菜生长在朝带岩石上,脆脆的,浇上醋,酸酸的。另外,最特别的一个小吃叫作"狗浇尿",想不到这是吃的!我特意找到一张照片,看上去就是普通

---

① 阳泉煤业(集团)有限责任公司前身为阳泉矿务局。

湟水畔的记忆

在大通矿区街头品尝风味酸奶

青海小吃"狗浇尿"

青海小吃"甜醅"

烙饼。它的做法很有意思，这种饼要用青油煎，沿锅边浇一圈青油，不停地转动薄饼，煎熟即可食用。据说20世纪50年代，青海人的家里灶台上均备有陶瓷的小油壶，里面装上青油，沿锅边浇油的动作，好像狗在墙根撒尿的姿势，所以将这道小吃命名为"狗浇尿"。

我爱吃的小吃还有用青稞做的风味甜食"甜醅"，这种小吃四季都有，软绵可口，又有阵阵酒香。它又让我想起循化撒拉族自治县。青海省循化撒拉族自治县时任团委书记韩玉英，她年轻有为，组织工作能力极强。我在循化参加"中国·青海国际抢渡黄河极限挑战赛"的演出时，她从话语中听到我这个"老青海"爱吃"甜醅"，便悄悄到街上去买了一份，尽管是大麦做的，但仍然很香。她还说："一般早上卖得多，中午吃的人少了，明天一早我再去给您买。"

撒拉族我并不陌生，在青海省民族歌舞剧团就有多位与我共事的撒拉族舞蹈演员，他们都是俊男靓女，眼睛有神、身材好，很漂亮，均有出色的弹跳力，适合从事舞蹈专业。廖建军、董淑琴等撒拉族演员和蒙古族演员齐美德、藏族演员敖耀均是舞蹈队主力。

2007年、2018年我两次去循化参加诗会，都是调回北京后重返青海的，而且都是与夫人张筠英同行。走进宾馆，我兴奋地东张西望，就像旧地重游，步子走得急，回头一看，筠英有高原反应，已经坐在走廊地上了，韩玉英书记正在照顾她。坐了好一

与当年的循化撒拉族自治县团委书记韩玉英合影

2007年参加青海循化"中国·青海国际抢渡黄河极限挑战赛"演出

参观撒拉庄园

2018年参加中国·青海（循化）第二届黄河诗会

与诗人李兰生研究新诗《春兰芬芳》

会儿，她缓过来，慢慢走到房间。小韩提醒我："不能走得太快，尤其是刚到这里。"还好，两次参加朗诵演出都没受到影响，很成功。

我们第一次朗诵的是诗人李兰生创作的赞美羊皮筏子上水手的诗歌《黄河儿女撒拉人》，第二次带去的是经典作品、世纪诗人贺敬之的名作《三门峡——梳妆台》和李兰生的新诗《春兰芬芳》。

在活动中我们见到了著名诗人吉狄马加,他问我:"怎么样?青海变化大吧?你在这里工作过,感情一定很深。我有许多设想,搞个大舞剧,举办国际诗歌节,办个大音乐会,在昆仑山口摆上一百架白色钢琴……"后来他调到中国作家协会任副主席,在我生日那天,挥毫泼墨,为我题写了"秋月升辉,诗心永存"八个大字。

与诗人吉狄马加合影

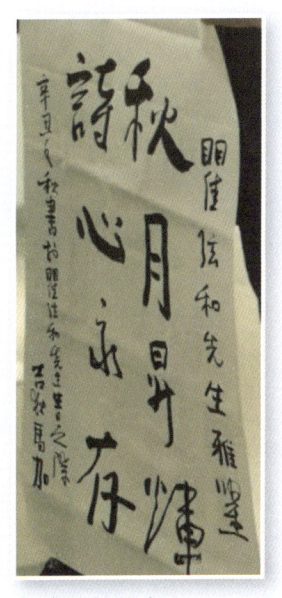
吉狄马加题字

由于对青海的特殊情感，当中国共产主义青年团中央委员会启动"希望工程"项目时，我选择的资助对象就是青海省化隆县的辍学儿童。她当时是小学三年级的孩子，名叫张英，我对夫人说："多巧啊，比你的名字少一个字。""我们本家啊！"

这个孩子特别懂得感恩，当她收到我寄去的文具、书包等学习用品后，竟然回寄一个小邮包，打开一看，薄薄的布袋已被里

在北京与张英一起

与张英合影

中央电视台"故乡行"摄制组赴青海省化隆县拍摄

面的辣椒粉渗红了，还有四个小核桃，一张纸条上写有几个字："叔叔，这是我家自己种的。"后来，我随中央电视台"故乡行"摄制组专程去化隆县看望她，她父母特地让我看了张英辍学时住过的小窝棚，紧挨着猪圈。化隆小学的老师说："张英是个用功的孩子，有你们的帮助她才完成了小学的学业。"

现在张英已是两个孩子的妈妈了，生活很幸福，我们一直保持着联系，经常通过手机视频通话，像亲人一样。

青海乐都、湟中的佛教寺院是举世闻名的，它是灿烂的文化遗产，我和中国煤矿文工团的演职人员拜见了全国政协委员、塔尔寺的赛赤活佛，我还在青海文联原主席樊光明的陪同下，前往乐都的佛教寺院"瞿昙寺"参观。这是中国西北保存最完整的明朝寺院，全木结构，号称"高原小故宫"。相传瞿昙寺是明初特殊历史条件下敕建的，明太祖朱元璋以佛祖的姓氏赠寺名为"瞿昙寺"①。看到寺院的牌匾上有"瞿"字，好像一双大眼睛在俯瞰人间，让我这个瞿姓人感到特别亲切。

---

① "瞿昙"是梵语，佛祖的姓氏。

中国煤矿文工团演出队在塔尔寺合影

地处青海乐都的瞿昙寺

筠英在塔尔寺前

与青海文联原主席樊光明在西宁相见

倒轮闸自行车

瞿弦和

1967年3月23日,赴青海工作的第三年,我回北京和张筠英登记结婚。我们两人骑着自行车来到位于东四十二条的街道办事处,带着双方单位革委会的证明。那时的结婚证书有两张A4纸那么大,便于装进镜框挂在墙上,以示"明媒正娶"。

回家的路上,筠英问我:"你在西宁骑车吗?"我说:"西宁是山城,上下坡特别多,自行车的后闸容易出问题,但下坡又不能多用前闸,坡度大的地方,会有危险。"筠英马上说:"哎,骑倒轮闸自行车合适。"

我们去了两个自行车售卖店,看到了当年青岛产的"金鹿牌"倒轮闸男车。当机立断买下一辆,筠英知道我不喜欢车架上的花纹,就买了两大卷儿黑色塑料膜,跟我一起把车的大梁、前叉、

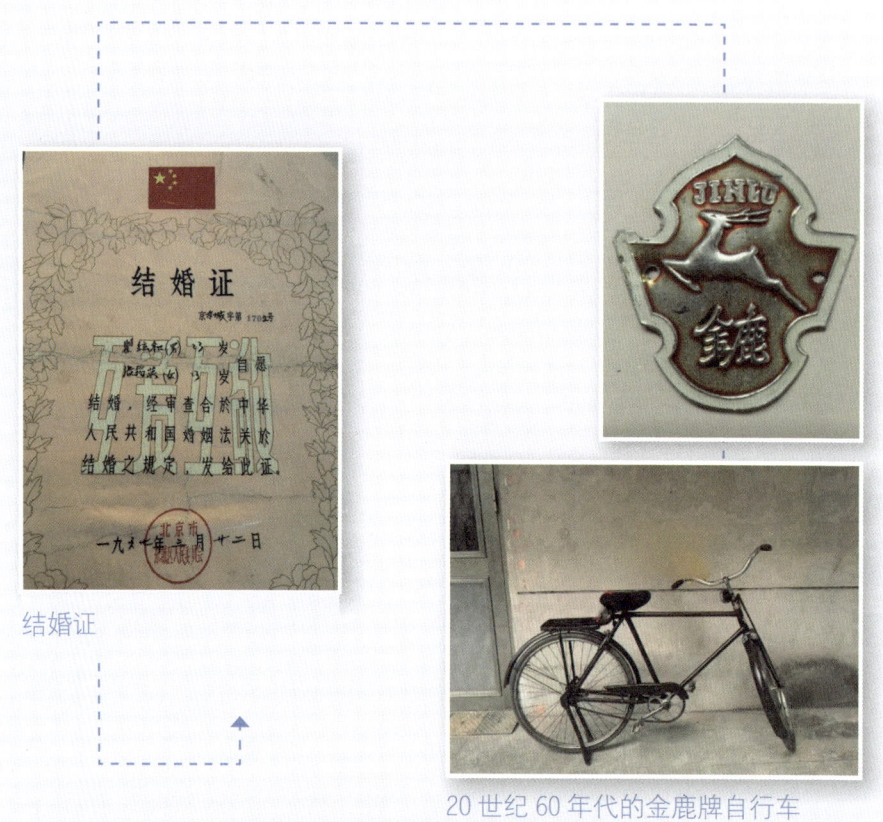

结婚证

20世纪60年代的金鹿牌自行车

后叉都包了一遍,发了货运,运到西宁。

这辆倒轮闸自行车成了我在西宁的主要交通工具,也陪伴我驶向西宁的各个角落。

西宁火车站我去得最多,当年的车站是个未完工的建筑骨架,进出站仍在东侧，站台无遮无拦，既不挡风，又不防雨。婚后张筠英第一次到西宁探亲，我早上就等候在站台上。从北京开来的火车，两天才有一列。站台上站满了人，操着不同的方言，年轻人居多，可能都是支援大西北的各行各业的人，大家踮着脚，不停地朝东张望，盼着空旷的铁轨上出现冒烟的火车头！我的心怦怦跳，日思夜想的妻子终于要见面了，想起我们大学同班时的情景，一起练功、一起做小品、一起演戏，想起一起温书时悄悄摸她的长辫子，想起她瞪大的眼睛……

在北京护城河边

终于接到了筠英,那年代不敢当众拥抱,她下车惊奇地说:"这就是西宁?这是站台?"她很意外。她把随身带的几个包交给我:"你爱吃的我都给你买了。"我高兴地接过来,她突然说:"你耳朵晒黑了,日照太强吧?"话语中充满了关切和担心。

探亲假国家规定只有十二天,还包括往返的时间,我们的"二人世界"没有超过一个星期。她要回北京了,我们又来到简陋的西宁火车站,在站台上说了很久,快到开车时间了,她很不情愿地上了车,我轻声叮嘱了一句:"写信啊。"列车员似乎看出了我们难舍难分,有意让出位置,让她站在车门能看见我,车启动了!我跟着车跑了几十米,不停地挥手,终于忍不住捂着嘴哭了,怕别人看见,我停下脚步,手还在不停地挥,列车渐渐远去,不见了踪影,又是空旷的铁轨,冷漠地伸向远方。

陪同我去车站送别的是话剧团的好友赵同秋,当年在革委会开具批准结婚文件的也是他,他轻轻地拍着我的肩膀:"别哭了,把她调来吧,分着不是个事儿。西宁再苦,也是两个人在一块儿啊!"

那天送走筠英,我真不知是怎么骑回古城台的,半途还刮起了大风,西宁从东向西的路是上坡,风刮得人骑不动,不时地下车推车前进,沙子吹过来,泪眼迷离,边走边想:下次见面要等到哪一天?这样分居的日子什么时候到头啊!

从筠英第一次来西宁探亲开始,我就想办法结识列车员,请

好友列车员刘登才

好友列车广播员温京萍

他们来看戏，交了多位好朋友，列车长常玉元和小荆夫妇、宋凤铭、刘登才、列车广播员温京萍……这也就增加了西宁与北京的联系。我骑着倒轮闸自行车，往返西宁火车站，接回筠英和妈妈

捎来的北京食品和小吃，再捎回一些青海的牛羊肉、蕨麻。

我经常可以收到他们传来的关于北京的消息。列车员宋凤铭说："筠英到煤市街列车员公寓取走了东西。"列车员刘登才说："筠英到北京站六站台找到我，把两大包吃的送来了。"总是笑呵呵的常玉元列车长说："筠英请我到家里吃了饭，她自己做的西餐，可好吃了！我还见到了你爸爸、妈妈，他们身体挺好的，就是想你！"

列车广播员温京萍天生秀丽，一副古典美人模样，我在话剧团院里时常见到她，她和话剧团张志方团长的女儿是同学，"她叫小萍，跟我名字里的萍是一个字"。我曾乘她当班的列车出差，好奇地到列车广播室一探究竟，一眼看到话筒，我这个当年中央人民广播电台少儿演播组的成员便情不自禁地想替她广播几句到站的消息，她说："那可不行。我们这儿有纪律，不准其他人用话筒。"唉，试一把当列车广播员的念头破灭啦！

人们常说"儿行千里母担忧"，我妈妈真是天天想念我这个远在青海西宁工作的儿子，青海虽不是边疆，但它是大西北的一个内地省份，开发得晚，认识的人少。妈妈天天打听，谁家有在青海工作的人。听说国家派遣医疗人员支援青海，就通过我舅妈——中国医学科学院的陈鸿珊教授，联系到北京肿瘤医院同位素科的专家施凤文，他的夫人是我远房的表姐，恰好举家已赴西宁，在青海第二医院工作。我用传达室的电话找到他，他热情地

关爱我的舅妈陈鸿珊、小姨张绍壁

说:"你来吧,不用骑车,从你们团大门出来过马路直走二百米就是第二医院,我们住在家属区。"那次去他家,筠英恰好在西宁。表姐个子高高的,炒着一手淮扬菜,印象中最好吃的是"狮子头"。筠英就是那次发现自己颇有酒量,开始她说没喝过酒,我说你尝一尝,结果我杯中的酒基本都让她喝了,她竟毫无感觉,回团的路上,比我这个没喝的人走得还稳、还快。从那以后,只要我们一起参加聚会,都是她替我挡酒,而且经常把前来敬酒的人灌倒,她还说:"喝白酒就觉得嗓子眼儿热一下、辣一下,没别的感觉。"

每逢此刻，我都投出羡慕的眼光，充满着"身在酒场，旁有保镖"的自豪感！

妈妈的学生家长竟然有一位在西宁工作，他就是当时青海省委宣传部部长刘枫。一个星期日的上午，我接到通知，刘部长在家中接见我。省委大院位于大十字北一个大下坡的路旁，我骑着倒轮闸自行车可沾光了，一般骑车人，到了下坡前均下车推着走，因为坡度过大。而我倒轮用后闸，稳速下坡，颇为享受！看着身

难得的探亲假，少有的在京游玩

旁的推车人，心想："怎么样？学我换车吧！"

省委领导的住宅楼，在当时是非常特殊的，自行车只能停放在院外，通报姓名后，得到许可才能进楼。那时，即便是干部楼也没有电梯，只能拾级而上。门打开了，一束阳光射进来，照亮了整个房间，看着整洁的地板，我有点不敢迈步，因为我穿了一双鞋底儿很厚的布鞋，妈妈以为西宁都是土路，就把我布鞋的鞋底儿都钉上了旧轮胎的鞋掌，结实但又重又笨，显得有点土气。部长夫人热情地说："进来吧，换上拖鞋。"

到了客厅，我见到了刘枫部长，他戴着眼镜，身材魁梧，但动作缓慢，讲话充满着革命前辈的口气："欢迎你啊，你们这批毕业生来青海，我是知道的，这里需要你们，但条件比北京艰苦，慢慢适应！"听到这话，心里暖暖的。部长夫人补充说："有什么困难，告诉我们，这里就像你的家一样，欢迎你常来玩。"后来我只在剧场的舞台上，看到前来观看演出的刘枫部长，就再也没敢打扰他。

妈妈的学生家长，还有一位在青海地质队工作，名字很特殊，叫那曼丽，姓氏为"那"不多见，是女同志，工作却是地质勘探。他们地质大队在西宁的尕庄，"尕"这个字，意为"小"，但我骑自行车去找，范围可真不小。去尕庄，当年根本没有柏油路，基本上都是沙石路。我的倒轮闸自行车，这回可显不出优势了，反而显得更费劲。外胎也经受了考验，前后的轮胎都变成了灰白色，抹布蘸上水擦几遍才能露出本来面目。

地质队的大院里都是平房，不高，面积也不大，那曼丽的住房是极其普通的一间。她的形象很朴实，跟她的名字并不般配。我发现她的宿舍收拾得极为干净，屋内炉子、烟囱都仿佛是新的，地面不是水泥，而是一种三合土，显得坚硬发亮。床单、窗帘的颜色基调是一致的，给人的印象是她充满了对生活的热爱，彰显了房主人的勤劳和严谨。

我心想，作为一个女同志，能投身地质勘探工作，肯定是她理想的专业，我不由得想起那首熟悉的歌："是那山谷的风，吹动

与青海省话剧团演员那素静合影

位于北京万安公墓的父母墓碑

了我们的红旗,是那狂暴的雨,洗刷了我们的帐篷……"那天她的女儿也在家,女儿也姓"那",叫那素静,随母亲,至于为啥,我未敢细问,但觉得那曼丽的生活之路一定有许多故事。后来,她的女儿加入了青海省话剧团,成为一位优秀的话剧演员。

倒轮闸自行车,唤起那么多的回忆,最怀念的是我的妈妈。她从小把我养大,时时刻刻担心我,我走上了工作岗位,她还不放心,就怕我在大西北太艰苦,托了那么多朋友关照我。我怀念母亲,因此,我年年都去北京万安公墓扫墓,我在心里总会默默地向父母的在天之灵叩首膜拜,永远不忘父母的养育之恩。

平房印记

瞿弦和

人们都喜欢冬暖夏凉,所以总说"好汉不住东南房",其实西房也不舒服,早晨的日照是那么短促,一会儿就过去了。

我在青海省话剧团工作期间,有一间平房令我十分难忘:我的单身宿舍、我与夫人张筠英在西宁的爱巢,也是儿子瞿佳曾经玩耍过的地方。

青海剧场后台与演员宿舍楼之间,有一块不大的空场,"文化大革命"期间大家在这里出操、军训、齐诵毛主席语录。最热闹的时间是下午五点半,演员去剧场化装时,还有晚上九点半演出结束后,大家三五成群回家时。

不知哪位设计师,在这里盖起了一排南北方向的平房,从空场通向一个T字形走廊,南北各有五间房,窗户朝东,当然还有

我的单身宿舍位于操练队伍右后方

与张亮夫妇在济南合影

与白智运在北京合影

对称的窗户朝西的东房。走廊光线很暗，大家上厕所，必须先向南，再上台阶向右，那是公共厕所，很容易找，闻见味儿就知道方向。

能分到平房不容易，我的邻居是电影演员张亮夫妇，他们带着两个女儿，住两间。再向前是歌队队长王小洛，中央民族学院毕业的作曲白智运，我对面是中央戏剧学院导演系毕业同赴青海的导演周光辉，其他的邻居中还有歌队声乐教师王文和、当时单身的电影演员杨建业、剧团郭会计的一家。住在走廊尽头的是导演王路平、吴静英夫妇，他们的儿子王兵圆圆胖胖的很可爱，曾在话剧《艳阳天》中扮演我饰演的肖长春的儿子，天天跟着我，形影不离。长大后他学了播音专业，成了温州电台的播音员。到北京参加展演时特地跟我合了影，那一刻又唤起我对平房的回想。

导演王路平、夫人吴静英、儿子王兵

2023年与到北京参加展演的王兵合影

平房每间屋子都是青砖铺地，横竖交错，虽然不潮，但扫地不容易，砖缝不易扫干净。我这间宿舍紧挨平房门洞，刮风时，一面墙都是冰凉的。取暖的炉子倒烟，需套上拐脖才行。

我酷爱绿色，中央戏剧学院的校徽我特别喜欢，下方是一条绿色，象征着舞台和青春。我把自己这间10平方米的小屋布置成了绿色王国，床头架是绿色，床单和塑料盖布是绿色，书桌和椅子是绿色，窗帘是绿色，唯一的一盆花文竹还是绿色……进屋让人有一种冷的感觉，有人戏称这是"北冰洋冰棍厂"。

书桌上有玻璃板，筠英梳长辫的彩色照片放在正中，那是当年《人民中国》杂志的封面，旁边还有爸爸妈妈的合照，台灯灯罩是用电影胶片编的，那是剪辑后弃用的胶片，我用的是筠英1955年少年时期拍摄的电影《祖国的花朵》的废胶片，台灯一亮就能看见她少年时期的身影。

书桌有两个抽屉，其中一个存放她的来信，还有她亲手制作的爱情信物：写有"始终如一"字样的书签、塑料丝编织的蝴蝶。一拉开抽屉，仿佛就能闻到她的味道。

她来西宁探亲时是夏天，炒菜做饭是用门外的小炉子、小炒锅，没有厨房，刷锅时要走出门洞外，把刷锅水倒在院子里，她第一次泼水，锅上的木把留在手上，锅却飞了出去。这一幕恰好让宿舍楼上的同学王稔看到了，他笑个不停……这也成了日后的笑料。其实，在这间小屋子里留下了许多欢乐，我偷懒，假装腰

在西宁小平房内的合影

在北京家中合影

《人民中国》杂志封面

1955年拍摄的电影《祖国的花朵》剧照

爸爸、妈妈的照片

"爸爸，我也要上台！"

闪了，让筠英给我按摩；我爱吃涮羊肉，直吃到撑得不敢翻身……

朝东的窗户上有一扇小窗，推开时有小挂钩，关上后有小插销。每当我去剧场后台化装时，儿子瞿佳都会从小窗户伸手向我喊："爸爸，我也要上台！"

那年，剧团总务科搞来一批树苗，据说是加拿大品种，抗冻，在我们朝东的每个窗户前都种了一棵，我天天浇水，见到树枝上发了芽，我格外兴奋，可惜好景不长，天气一冷，再也没缓过来，

这一排树苗都是同样命运,我们窗外仍是光秃秃的。

电影演员杨建业的那间房是最小的,而且没有窗户,他的房间,陈设简单,我们经常在他的房间"会餐",掌勺的竟然是我。筠英为了培养我独自生活的能力,给我写了一本菜谱,主要是做菜的顺序,先放什么、再放什么……我炒糖色备受称赞,我还常和面做花卷,芝麻酱红糖的、葱花咸盐的,特别是用筷子压的花儿,真挺唬人的,但是调回北京后就再没做过饭,吃饭时连碗筷都是等人摆好。

在西宁几个单身的男演员决定一起包饺子,馅儿是我调的,杨建业和我一起擀皮儿和包,年轻人饭量大,包的饺子摆满了一张桌子。从来没做过饭的周光辉导演,自告奋勇地说:"你们歇会儿,我来煮。"一根烟的工夫,大家进屋一看,"饺子呢?""都下锅了。""啊?!"杨建业像泄气的皮球似的,一下仰躺在床上,"完了,全完了!"是啊,一个不大的锅,这么多饺子一起煮,肯定都破了。我怕杨建业生气,调侃地说:"导演,你这导的是哪一出戏呀。"我掀开锅盖,浇了两次水,捞出几个没破的,端给杨建业,与其他人共同饱餐了一顿青海"尕面片儿丸子汤"。

站在门洞里,就能看见旁侧的三层宿舍楼,背阴的窗外都挂着大包小兜,那时没有冰箱,西宁早晚温差大,人们习惯把生的牛羊肉挂在窗外,用"天然冰箱"保存,我学着把半扇羊挂在门外走廊,第三天早上发现"羊跑了"——当然是被外来人顺走了,邻居郭会计说:"不能挂在走廊,咱们这是平房!你要再买生肉,放在我的外屋,这间不生火,可以保存。"郭会计是平房住户中唯一不参加舞台演出的人,年龄比我们大,我们按照上学的习惯称她为"郭老师",她说的是青海西宁话,早上起来打招呼会问你:"好着吗?"你要办事,她会问:"阿么辽?"意思:"怎么了?"她做的尕面片,大小极为标准,是用手揪成的,她做的"酿皮子"真比饭馆里的好。"酿皮"是青海的小吃,"酿"在西宁念"瓤",黄澄澄的,还有白色的面筋,在家里如果蒸不好,不是不成形,就是不透亮。再加上要有讲究的调料:循化的辣子、湟源的陈醋以及绿油油的韭菜汁。郭老师每次做好之后,总会给我端来一碗说:"怎么样?这是地道的西宁味!"

青海小吃"瓤皮子"

平房的日子随着话剧团搬迁至原青海省艺术学校大院而结束，我也住进了筒子楼。儿子瞿佳再次到西宁时就不再从小小窗子向外招手了，而是坐在宽窗台上直接远眺古城台大街了。

大镜门与西门的联想

瞿弦和

一场演出,让我把毫不相关的大镜门和西门联系起来。大镜门位于河北省张家口桥西区,西门位于青海省西宁市城中区。

这是怎么回事呢?北京人民艺术剧院的著名表演艺术家梁冠华曾经调侃我:"瞿老师在被采访时,竟然把八竿子打不着的事连在一起,可听了之后挺顺溜,不牵强,还有点意思!"不知这回是不是。

2020年,"长城谣"歌诵会在"万里长城第一门"大镜门举办,同时在"大好河山"四个大字的城门前搭起舞台。导演王雪纯邀我在晚会上朗诵毛主席的诗词《沁园春·雪》,由大提琴青年演奏家李维现场伴奏。

排练时一切正常,直到演出开始,李维在灯光压暗时出场,

按地标位置坐好，开始演奏，她演奏的是电视剧《激情燃烧的岁月》主题曲的旋律。我缓缓上场，灯光师在古城墙上投影出《沁园春·雪》诗词全文，我在投影前凝视，正在这时，天上掉下豆大的雨点，李维本能地护住大提琴，舞台上有一位工作人员迅速地撑起雨伞，她演奏继续，我也在湿滑的台面上走至中央，在雨中激情完成朗诵。

在返回后台的路上，李维问我："身上都淋湿了吧？""没事，乐器淋湿就麻烦了。""您老真行，赶快喝点姜糖水。"我特意补了一句："雨中表演，情景难忘，不管谁得到剧照一定要发给

雨中朗诵《沁园春·雪》

对方。"

央视频独家直播后，好评如潮。原青海省民族歌舞剧团的舞蹈家金韵从上海的家中打来电话："瞿老师，看到了你和李少奎的孙女李维同台，太有缘啦！""李少奎？青海省京剧团（今青海省戏剧艺术剧院）的知名老生？他夫人刘成高是知名老旦，演过沙奶奶，我认识他们。"

电话引起我的回忆，就像"万里飘雪"似的，我的思绪从大镜门、山海关、居庸关、嘉峪关一直飞到西门口，因为西门东就是"西宁饭店""人民剧院"……我熟悉的地方。

当年的青海人民剧院

西门口是在西宁生活的人的必经之路,那个年代相当于"步行街"这种繁华地段,而"人民剧院"又是地标性建筑,它坐落于省政府大院马路对面,既是原青海省京剧团的团址,又是青海省当年举办大型演出或重要会议的剧场。京剧团人才济济,多位京剧名家都曾在该团工作过。

我结识的京剧团朋友除李少奎、刘成高夫妇外,还有杨汝江、金颖、刘青等。

不知底细的李维发来了剧照,这次与青海有缘的祖孙辈演员

原青海省京剧团演员李少奎与舞蹈演员在后台

合作在央视频播出后,京剧艺术家刘青也发来信息:"真没想到,你竟然有机会与李少奎的孙女合作演出,太感动了,我流泪了!刘成高和李少奎他们人非常好,在京剧团艺德都是最棒的,我非常尊敬他们老两口!"

刘青是原青海省京剧团学员班冒尖的好苗子,她天赋极佳,身材好、嗓音亮,现代京剧《沙家浜》一问世,她就在青海扮演了阿庆嫂,人们印象最深的是她那双忽闪忽闪的大眼睛,笑起来更甜。我第一次见她是在人民剧院后台的演员入场口,那天为庆祝毛主席最高指示发表,人们要上街庆祝,京剧团在排练秧歌,腰系红绸带的刘青兴致勃勃地走出门,看见我悄悄地问:"左季谷来了吗?"脸颊上泛出一片红晕,我好奇地说:"你认识他?""见面好几次啦!"难道同班同学左季谷谈恋爱啦?我和季谷同一宿舍,怎么没发现?

次日上午,有人敲门,来者正是刘青,我知趣地说:"你们聊,今天二医院的施凤文大夫请我吃饭,不回来。"其实就是别当"灯泡",赶紧让地方,我自己到对面古城台唯一的小饭馆要了一个当时的名菜"油炸骨碌烹"、一碗西红柿鸡蛋汤、一碗米饭,熬过了两小时。

等我回到宿舍时,刘青正在为左季谷洗衣服,搓衣板在盆中,尚未洗完。刘青礼貌地说:"你有要洗的衣服吗?我帮你一块洗了。"脸上的红晕泛着光,大有女主人的味道。

与左季谷、刘青合影

后来，他们组成了家庭，我还把她的弟弟刘明光招收为话剧团演员，她的母亲热情好客，后来他们一家人调至四川成都工作，每次我去成都演出，一定聚会一次。我们仨人还在杜甫草堂合了影。

西宁"人民剧院"留下的记忆太多了，学习县委书记焦裕禄活动开展后，我们学演了北京的节目《探亲路上》，我演赶车的大爷，钱永元演同路的姑娘。边舞边唱，边说边演，演出地点就是"人民剧院"。我的造型不难,因为赴青海工作之前,大学毕业剧目《青松岭》中,我饰演的主人公张万友就有角色照,青海的化妆师认为完全合适,脖子上加了一条白毛巾,真是锦上添花。

化装照

原青海省话剧团演员合影(前排左起第二人为钱永元)

不仅是人民剧院,那时青海各类剧场条件都比较落后,话剧团的灯光师陈仲德回到北京后,经常向别人介绍:"我们那时都是演员和舞美队通力装台,瞿弦和动作敏捷,我们一起登高爬梯,连没有任何扶手的工字梁都敢走,最费劲的是吊灯,那时都是钨丝灯,一个两千瓦的灯泡有皮球那么大,灯壳是铁皮的,有二三十斤重,从台中到两层楼高的灯位那是很吃力的!"

与灯光师陈仲德合影

在人民剧场演出话剧《不平静的海滨》时,张志方团长在装台过程中想试一下大幕,不料从上面掉下来一块聚光灯镜头的菱形碎片,正好砸在他的右眼上,我们急忙送往医院,可惜晶体没能保住。这也是我们为大西北文艺事业奋斗付出的代价啊!

在北京家中与张志方团长合影

大柴旦、格尔木重遇学友

瞿弦和

说起北京二中,人们都会竖起大拇指,百年老校,校风好,学习成绩高,我从初一到高三,在北京二中度过了六年时光。

几年前,学友曹大德发给我一张老照片,20世纪50年代用120相机拍的,照片已发黄,照片是十五个初中生在颐和园的合影,哇!那是我们"红领巾班"过队日的纪念啊!

我从第一排左面开始念名字:李希忠、夏守忠、苏士亮、洪向华、董大卫、蔡樾伯、李燕、崔绍基、王大刚、曹大德、陈永祁、张文勇、瞿弦和、王连忠,最边上的是高澍。

"高澍",我心里咯噔一下,英年早逝,他是在青海柴达木的一场交通事故中离世的。记忆的闸门瞬间打开,一幕幕场景,浮现在眼前。

北京二中"红领巾班"在颐和园合影

"红领巾班"是 1955 年二中老师起的名字,这班的同学在初中一年级八个班中年龄最小,全班同学都是少先队员。高澍的名字很特殊,不是大树的树,这个"澍"意味"及时的雨",一下就记住了!班主任王寅霞老师十分注重对同学们的培养,理想教育活动中搞了一次班日活动,命名为"十年后的我",让每位同学把自己装扮成将来希望从事的工作岗位上的人物。"红领巾班"的同学想象力丰富,居然没有重样的,有的人受时代的影响,以国家号召学习的人物做榜样,有的人羡慕自己父母的职业,一心

当年举办班日的西亭子教室

想继续从事父母的职业……于是火车司机、炼钢工人、科学家、会计师、医生、画家、教师都出现了。衣服都是大人的或是借的。高澍穿上了炼钢工人的工装,一顶鸭舌帽,一条白毛巾,手上拿了一根黑棍子,好像啊!我羡慕海军的飘带和军装,特地到原海军政治部文工团借了一身军装,同班同学大画家李苦禅先生之子李燕几十年之后还说:"你不是理想当士兵,就是爱演。"

到高中毕业报考大学时,二中的学生报考的大学各不相同,当年"红领巾班"的成员大多进入名牌院校：北京大学、清华大学、首都医科大学、北京师范大学……还有艺术类的中央美术学院、中央戏剧学院等。高澍考入清华大学农机系。由于专业不同，大学学制由四年至六年长短不同，大家也因距离变远，联系少了，甚至没有了消息。

我分配到青海省民族歌舞剧团时，学理工科的同学尚未完成

北京二中老校门

与二中同学蔡樾伯、廖安珊、李燕合影

学业。直到两年之后,我才听说高澍、廖安珊两位同学从清华大学、北京大学毕业后也到了青海工作,一位在大柴旦,一位在格尔木。啊!北京二中"红领巾班"的同学都有一颗献身祖国、奔赴大西北的心愿啊!

20世纪60年代末期,终于有一次乘卡车赴海西州的机会,在赴目的地途中会路过柴达木,我决定去看望老同学高澍。

漫长的路,恶劣的天,茫茫荒漠,看不见城镇,司机停下车,告诉我那个铁架的拱形大门就是入口,"大柴旦市"的"旦"字已被风吹掉,成了"大柴市",怎么找人啊?我事先没有告诉高澍,他在不在?是不是回北京了?我心想怎么打听啊……遇到的第一个人被我拦住了,他说:"高澍啊,太好找啦!柴达木风沙大,土质差,什么树都种不活,只有一棵树,那就是高澍从北京带回来的树苗,连土都是从北京运过来的!树旁边就是他住的地方。"

我放眼望去,果然有一棵树,特别显眼,树干细细的,枝上不多的叶子却是绿绿的,当天风并不大,但也把树吹得不停摇晃,左摆右荡,似乎直不起身,但它却在晃动中坚强地直立着。我愣住了,脑海中浮现出飘动的红领巾,想起了少年时代的歌曲:"穿过绿色的大树林,我们奔向美丽的地方……"想起"十年后的我"主题班日时高澍身穿工装、头顶鸭舌帽、手持钢钎的模样。我三步并做两步地跑向小树,哪里有房子啊!他住在哪儿?原来树旁有地窝子,低于地面的门上挂着厚厚的门帘。高澍从地窝子出来发现是我,忘情地抱着我,久久没有松开!我们都哭了,那是男子汉的泪,那是意外重逢的激情。他为我煮了一碗挂面,切了北京带来的香肠,我们真是有说不完的话,如果不是赶路,我就住在他的地窝子里了。我们相约西宁见,有机会再次柴旦木见,一起祝愿小树长成高树,盼望大柴旦市绿荫成行。

他兢兢业业工作,参与创办了文学刊物《瀚海潮》,万万没

青海省出版的文学刊物《瀚海潮》

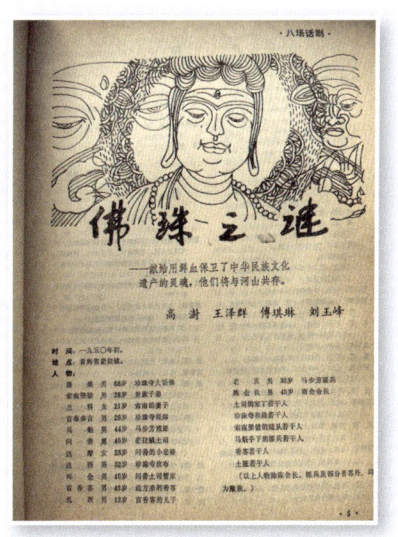
高澍主创的八场话剧《佛珠之谜》

想到，一场车祸夺走了他年轻的生命，一辆卡车与骑自行车的他相撞。

在青海工作的另一位北京二中的老同学廖安珊告诉我，高澍什么也没留下。他也曾去看望过高澍，并在地窝子里住了一晚，两人彻夜未眠，还聊起在文艺界工作的我，并相约到西宁看我演出。

小廖说："高澍留下一种精神，青海待建设的地方太多了，太需要咱们这样献青春的人啦，就得能吃苦。"我说："我那次去马海，深有感触，为青海省话剧团招收青年人才，我和张志方团长，搭乘一辆军车，去青海生产建设兵团，听说从青岛来了一批知青，条件不错，可谁知军车半路抛锚，周围无人烟，还有沙丘，孤立无援，汽车兵先倒出用自己水桶存的水，再使用喷枪，将自带的面粉制成面片充饥，让我们渡过难关……"

廖安珊是我的好友，毕业于北京大学化学系高分子专业，学制六年，因为专业不同比我晚两年大学毕业。他分配到地质石油局第四普查勘探大队实验室工作，工区在藏北伦坡拉盆地，基地在格尔木，每年五月出队进藏，十月收队返回格尔木。

我去格尔木看他，他告诉我，格尔木有唯一一片小树林，之所以说"小"，是因为格尔木缺水，树木近二十年还不能成材，这片小树林是第一位进青海的慕生忠将军于20世纪60年代初带领战士们种下的。

大柴旦、格尔木重遇学友

老同学廖安珊在格尔木

他拿出一张照片,是他在这片小树林前照的,远背景有两峰骆驼,还有沙棘树,他自豪地说:"有格尔木特色吧?"

那天他从食堂打的饭,主食是馒头,褐色的,我们都熟悉,这是青稞面蒸的,青海地势高,馒头不容易蒸熟,食堂里有高压锅,蒸得熟,有点酸酸的,不难吃。当然比不上酥油拌青稞的"糌粑"香,但我们几乎每顿饭的主食都离不开它。

　　我习惯称他小廖，因为他的全名有点像女孩子的，班上同学都和我一样不叫他全名。他的功课好，以优异的成绩考上北大，是北京二中的骄傲！

　　调回北京后，热心的小廖承担起二中老同学的联络工作，原在国务院侨务办公室当领导的夏守忠同学突然病故，他的联络渠道均由小廖继续。每年四月一日北京二中的校庆，我们都会接到小廖的通知，几日几点何处聚会，每次都有我们尊重的老教师参

站立白衣者为夏守忠

大柴旦、格尔木重遇学友

50 岁青海湖畔

70 岁重返青海湖

60 岁随央视"心连心"艺术团赴青海海西

加，老同学相见，也都会谈起离开我们在青海战斗过的高澍。

小廖听说我在写《青春 青海》，特地发来一张照片，哇，不是别的，是当年用的高压锅，家用的压力锅，还是青海铝制品厂生产的"海山牌"，小廖特别强调了一句："正宗。"

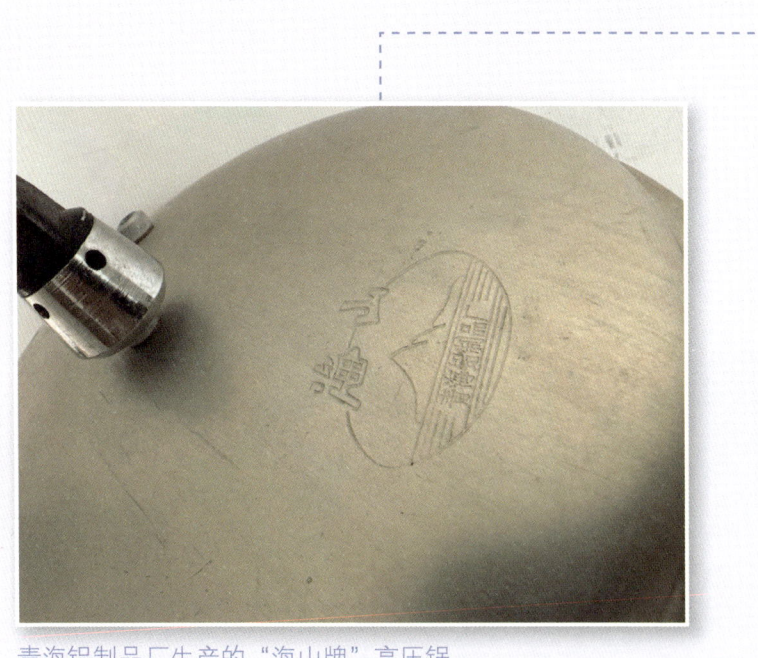

青海铝制品厂生产的"海山牌"高压锅

大柴旦、格尔木重遇学友

在青海拍摄《世纪诗人》专辑时,与张炳宏经理合影

摄制组全体在青海机场

岁月印证的友情

瞿弦和

"瞿老师,剧场门口有人找你。"

"是大屯矿区来的吗?"

"不是,说是你青海的老朋友。"

啊?这是江苏啊,怎么有青海人来这儿?那是2005年,我带领中国煤矿文工团到江苏沛县参加大屯煤电公司成立35周年庆典活动,我正在后台化装,听见有人找我。

我急忙走向剧场门口,说实在的,我已认不出来者是谁,只见一个个子不高、消瘦的老者。

"我是达坤啊,青海机床厂的。"

"你怎么成小老头啦?真不敢认啦!"

"是啊,30多年了!"

岁月印证的友情

与青海老友李达坤

与青海省话剧团演员郜树义

"你从青海来？"

"不，从浙江老家。"

"我调回北京前，你还送了我一支自制的钢笔。"

"那是我在厂里，在自己的车床上做的。"

我搬来两个小方凳，在院子里聊了起来，李达坤是20世纪70年代初，我在青海省话剧团好友郜树义家相识的。李达坤

1965年支援大西北,随机床厂从上海搬迁到西宁,厂里大部分都是上海人,他是工厂的文艺爱好者,酷爱越剧,在寻西宁市越剧团的过程中,误打误撞地找到了话剧团,见到了上海籍的演员郜树义。郜树义的夫人顾艺雯厨艺高超,热情地款待了达坤这位陌生人。从那时起达坤就成了话剧团的常客。

我们演出话剧《不平静的海滨》之后,我到郜树义家蹭饭,第一次见到小伙子李达坤。他开门见山地说:"日场、晚场我都看了,你演的主角江振华,演得好,话剧很有意思。"一来二去,我们见面机会多了,也成了好朋友。

我调回北京前,他在厂里通过铣、刨、镗做了一支精巧的钢笔赠我,我一直带在身边。后来郜树义告诉我,他因写了一部《风雨同舟》的剧本,被扣上"现行反革命"帽子,被逮捕入狱。

说起这段经历,他只简单做了叙述,显得释然淡定,好似此事没有必要再去回忆。"若不是中央赴青海工作组复查冤假错案,也不会为我平反。""1976年被捕,1979年无罪释放,一场不白之冤落下帷幕。""1980年夏天,我向原单位打了离职报告返回老家浙江。"

此次他听说我到江苏演出,专程赶来见我,途中他在列车上还写下短诗一首:"昆仑握别三十秋,如烟往事堪回首,余生有幸与君聚,高歌沛郡唱大风。"达坤还请书法家山野(钱兆增)题写后寄我。真是"天荒地老,情意长存"。

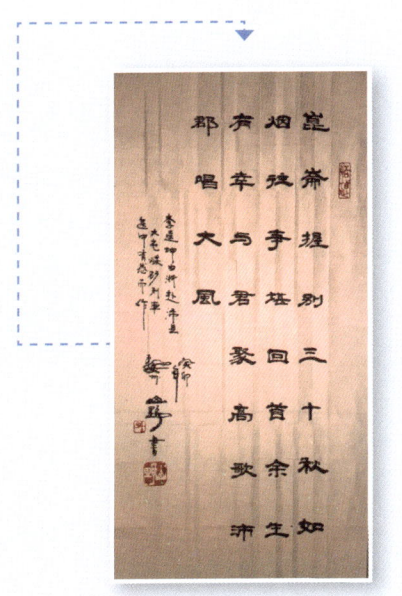

书法家山野题写李达坤诗

"瞿团,座机电话。"

文工团办公室秘书姜华叫我,我接过听筒。

"瞿老师,我是传红。"

"小郑呀,你们小两口都好吧?培志在旁边吗?"

听筒里忽然没了声音。

"怎么了,传红?"

"他病得很重,看看有没有特效药或是好中医……"

傅培志是我在青海省话剧团招收的学员。那年歌舞团从上海招收了一批舞蹈演员,年轻又漂亮。话剧团只在青海省内物色人才。傅培志是我挑选的好苗子,他是北京人,眉目英俊,特别是笑起来时格外大方,充满正气,适合扮演正面人物,加之气质高雅,剧本中知识分子类型的角色,也能胜任。他满口的北京话,语言训练起来更有优越条件。但他从未接触过文艺类专业,让他从工厂转到剧团当演员,开始有些不情愿。在我一再鼓动下,他终于上了这条船,而且表现不俗,很快成了话剧团青年演员的主力,我经常听到他们下基层的消息。

青海省话剧团演员傅培志

两位学生傅培志、李小刚在赴青海海西州途中合影

青海民族歌舞演员郑传红

我调离青海后不久,就传来喜讯,傅培志与歌舞团的上海学员郑传红相爱,组成了家庭,这可是"天仙配"啊!

传红是个有事业心的孩子,歌舞团、话剧团业务交流时,王团长让我们观摩了舞蹈汇报课,左手把杆的第一位女孩映入我们的眼帘,清秀的面庞,典型的南方姑娘,双腿细细的,但仿佛体力不佳。王团长指给我们说:"这个孩子特别用功,到牧区慰问也很积极,要求自己很严格,是团里培养的对象。"果然,她从歌舞团考上了著名的武汉大学并以优异的成绩毕业,来到北京工作。

过了三天,传红又打来电话,她极力克制自己,在电话中低声说:"瞿老师,不用麻烦了,培志走了!"

我脑子嗡了一声,太突然了,这么年轻、这么优秀的人才,就这样告别人世,我恨我自己没有早点关心、早点儿想办法救他……在北京八宝山灵堂,我见到传红,她很坚强,一一感谢前来参加追悼会的同事,特别是从青海西宁赶到北京的朋友。

培志走后,她回到上海,依旧不停地追求,她不仅勤奋工作,业余时间还学画油画、进行动植物写生……对生活充满热爱。当

傅培志、郑传红合影

我告诉她，又有几位青海的同事辞世时，她总会安慰我："生命无常，亲朋的离世，我们痛心不已，但这是无奈之事，怀念是免不了的，您不要过度悲伤，继续做您自己喜欢的事，珍惜眼前人，过好每一天。"听到这些话，真惭愧自己不如学生了。

"瞿老师，影协的领导来了！"

1979年，在北京民族文化宫礼堂，庆祝建国30周年会演，我们中国煤矿文工团话剧团在这里上演欧阳山尊导演的话剧《江南一叶》。

中国电影家协会的领导前来观摩，肯定是作家孟犁野老师。他曾和我们一起在青海工作过。

我刚到话剧团时，住在三楼宿舍，每次都路过他的房间，第一次见他时，他披着棉大衣在宿舍里坐着，屋里温度不高，孟老师身体也不好，但他热情地向我打招呼："欢迎你啊，听说你在北京就报到了，还在话剧《昆仑战风雪》第一场里登台，不错啊！"这个剧孟老师是执笔者。

他的宿舍与我们的集体宿舍一般大，除了床，还有一张双屉桌，那是他写作的地方，桌上有一盏不大的台灯。他习惯边写作，边抽烟。

他那天到剧场还带着女儿。她的大女儿孟小捷写了一段回忆："1979年，父亲带我去北京，当时我读小学四年级，那天我和父亲去看一部讲述新四军故事的话剧。到剧场后，我的父亲到舞台

孟犁野在写作

后台见到了瞿叔叔,瞿叔叔当时化了装,特别英俊,他在剧中扮演叶挺军长,演出快结束时,当瞿叔叔在舞台上大声朗诵'为人进出的门紧锁着,为狗爬出的洞敞开着……'时,全场掌声雷动,气氛异常热烈。"

孟犁野老师晚年身体更差了,他辞世时,正逢新冠病毒肆虐,我让他二女儿孟小曼帮我们敬献花圈,小曼问:"挽联上怎么写?"我们说孟老师是"良师益友",这是内心真实的感受,他

孟犁野在青海牧区

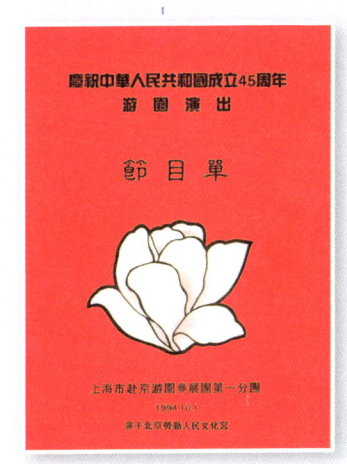

上海演出团赴京演出节目单

钻研业务，勇于与命运抗争的精神永远留在我们的记忆里。

我当团长时，还发生过一件与青海有关的趣事，那是1994年国庆节北京游园活动期间。我在家中接到一个电话，称自己是上海演出团的。我愣了一下，他马上自报家门："我是金韵呀！""你不是青海省民族歌舞剧团的舞蹈演员吗？怎么又是上海演出团的？""我们哥儿俩都回上海了，不跳了，这次我是上海演出团的舞台监督和业务联络。"他口气很急促，又是一种老朋友的口吻。

原来,他们的车在路上撞到了一辆残疾人电动车,车上的人晕倒了,送到医院治疗。经查问,他们是中国煤矿文工团舞美队的一对夫妇。金韵担心要高额赔偿,打电话让我这个团长酌情处理,充满着恳求和信任。

我还没有接到有关信息,真不好表态,我只好安慰金韵:"我马上了解一下。"哈哈,可能是上天的安排,我询问了文工团各部门,没有人报告此次车祸,也没有交通部门通知我。后来得知,这对夫妻不是真正的残疾人,不具备驾驶残疾人电动车的资格,加之伤得不重,到医院后很快恢复正常,事情就过去了。

在浙江浦江参加"重温经典 情系浦江"名家名篇朗诵会时,我们住在檀宫饭店,吃早餐时,夫人说:"哎,瞿弦和,前面那人是青海的,咱俩都认识。""谁呀?……青海文联原主席、我们团的大作家陈士濂啊!"

在我们亲热的交谈中,我说自己正在构思《青春 青海》回忆录,你这个文化人必须写一段咱们共同战斗的回忆,他应允了并发来《杂忆弦和》一文,我节选了奉献给大家:

> 1966年4月,一个新的话剧团涅槃重生了。在西宁舞台上,连续红红火火演了几出大戏。一向寂寞的高原古城,平添了几分热闹。在当时文化生活极其单调的环境下,突兀而出的话剧剧目,诸如《收租院》《槐树庄》

都非常受欢迎，大有一票难求之势。在这些演出中，中央戏剧学院的毕业生理所当然地成为扛大梁者，瞿弦和也不例外，他在《艳阳天》中出演了一号人物肖长春，后来还在《高山尖兵》等剧目中也出演了主要角色。

瞿弦和毋庸置疑是个优秀演员，但他给我印象更深的却是为人。他的平和、亲和是最吸引人的地方。他到歌舞团不久，就有一群年轻人围绕着他，很多少数民族演员将他引为"异族朋友"，更令人惊讶的是，他并不只和同行相聚，他交友非常广泛。诸如列车员、售货员，所谓"贩夫走卒引车卖浆"之徒，常常与他有来往。话剧团对面食品店里那些穿白大褂的阿姨，他几乎个个都能直呼其名。

我开始不识其中奥秘，后来明白了，这得益于他的平等待人、平和对人，总以一颗同情心看待弱者。那时期，正是战斗气氛激烈之时，我作为文艺黑线的黑笔杆，时有被揪斗之虞，自行惭愧，羞于和人打交道。一日遇见瞿弦和用废旧彩色胶卷在编织台灯罩，新颖别致，很有一番风味。可能是我的艳美神色被他察觉，瞿弦和热情地和我打招呼，还主动送了我一个同样用胶片编的相框。虽是一件小礼物，却包含了对身陷窘境同事的尊重。

可能是因为各方面能力都较强，他渐次得到领导

器重,在那个很少提拔业务干部时期,被任命为演员队队长。

1973年,瞿弦和调去中国煤矿文工团。本来我与他因为业务不同,接触机会不多,自他远去京城后,更无音信往来。我只是常常会在屏幕上见到他的身影,更多时候是观赏他声情并茂的诗歌朗诵。

但他没有忘记青海,八年高原岁月已经给他系上解不开的情结。1995年10月早已在省文联工作的我,为庆祝青海文联成立40周年,筹办了"文艺界青海故旧恳谈会",邀请原在青海工作过的文艺界朋友参加。瞿弦和其时已担任中国煤矿文工团团长要职,公务繁忙,百事缠身,却依旧抽时间到会场来,与诸旧友见面。2006年9月李丁在京庆祝八十寿诞,青海众多老同事前往祝贺。带队前去的谷秀英回来后激动地告诉我:"这次前去,由瞿弦和负责招待青海老朋友,他嘘寒问暖,异常尽心,连回程机票也一手包办了。"

我退休后回宁波二十多年,索居已久,与老同事很少联系。2017年11月中旬,回浦江省亲,在檀宫饭店用早餐,与瞿弦和夫妇意外相见,真可谓"他乡遇故人",瞿弦和当即邀我观赏他们的晚会演出。当"重温经典 情系浦江"名家名篇朗诵会落下帷幕,演员们接受

岁月印证的友情

"重温经典 情系浦江"名家名篇朗诵会演出后与陈士濂的合影

央视转播车上

观众掌声和领导接见时,他又坚持让我上台,安排我站在他们夫妇中间。我明白他的好意:让我在家乡舞台上,与自己的乡亲、当地领导打个照面,让我这早就边缘化的过气作家再次"荣光"一番。

虽然有些无奈,但我是感激的,也是心酸的。瞿弦和,还是那么平和、亲和。

对青海的怀念是永久的。2021年那届青海湖自行车环湖拉力赛我回西宁参加开幕式,在西门体育场与青海演员一起朗诵,中央电视台体育频道进行了直播。开幕式一结束,我立即奔赴西宁中医院看望病中的老同学王稔。

他在其夫人和护理员的陪伴下,坐轮椅下楼,见了我第一句话就说"我要上台""我还能演""我写的话剧《惊天雷》你们还上吗?毛主席还是靳东扮演吧?"看着他脑梗正在慢慢好转,我心里踏实了许多。

他问起曾在青海共同工作的同班同学赵尔康的情况,我不敢说实情,其实大康的病情很严重了,我已通过朋友帮赵尔康选好了墓地。2023年,我去北京九宫山纪念园,向好友赵尔康献了花,表达了我们所有同学的悼念。

真是岁月印证的友情啊!

岁月印证的友情

与王稔夫妇合影

向同赴青海的老同学赵尔康献花

北京—青海之一　焦虑的春天

张筠英

1965年7月，我结束了一生中的学生生活，踏入了人生的另一个阶段，我留校做了教师。虽然当老师我也很高兴，但是心情很复杂。当教师与当演员不同，我想我的演员梦大概是没有希望了，而且瞿弦和被分到青海工作，我们俩今后能不能"相爱到明天"呢？

瞿弦和在分配之后很快（也就一个星期吧），便跟随青海省民族歌舞剧团进京的队伍向青海出发了。

真的要分别了，心中空荡荡的，不知怎么向他表达自己的心情。说白了，不好意思，不说又不甘心，因为不知何时才能见面，是半年还是一年，还是几年？

终于想好了，拿出了一条手绢，左看右看，太单调了。从抽屉里拿了一只我用"玻璃丝"（当时一种塑料空心细丝）编织的蝴蝶，配好的颜色是深蓝、黄、绛红，很亮丽。在手绢的衬托下突显出美丽的图案，这正代表了我的愿望——飞向希望的明天。

同时我又顺手从我的书里取出一张书签，正面题有毛主席诗词《为女民兵题照》："不爱红装爱武装。"在题字的下面我又写上四个字"始终如一"。

中央戏剧学院办公楼

筠英写的"始终如一"

这两件礼物成了分别的信物。

从1965年到1972年，我在中央戏剧学院先给半农半读班上课，接着是回院搞运动，1969年再去部队锻炼。这期间我的两个孩子——瞿佳（男，小名佳佳）、瞿维（女，小名维维）已长到4岁多和3岁，除了瞿弦和每年探亲12天（4天4夜来回火车乘坐时间包括在内），在家也就8天，如果我能去青海探亲，弦和就没有探亲假了，两个人每年一次。

筠英在半农半读班参加劳动

儿子瞿佳、女儿瞿维

北京—青海之一　焦虑的春天

与儿女合照

1973年春天，我从学院随军锻炼三年。结束后回到北京的第一个春天，我见到了父母——高兴，见到儿女——高兴，越高兴越想："要是他在有多好！"夜晚老人、孩子都睡了，不时传来公公的咳嗽声，婆婆总是翻身，睡不好，母亲叹息的劳累声让我不由得下定决心要把弦和调回来。一夜未眠，我开始策划弦和调动工作的计划。

我想上一次弦和回京探亲，正赶上中国煤矿文工团招收演员，他去考了试，不知团里领导印象如何。我自报家门走进了中国煤矿文工团的办公室，当然他们也认识我，毕竟我9岁给毛主席献花，11岁拍电影《祖国的花朵》，现在又是在中央戏剧学院工作。他们异口同声赞扬了弦和的业务能力并且说话剧团正好缺少扮演一号人物的小生演员。只是招收演员的名额是部里给的，给几个、什么时候给是部里的人事司做决定，所以结论是他们想要弦和，也向部里打了报告，但是决定权不在他们。

我终于打听到上级单位燃料化学工业部（简称燃化部）人事

中国煤矿文工团元老团长王昌厚、王振宇

司有一位负责人是中国煤矿文工团总团团长的爱人。于是我又骑着自行车跑到六铺炕的部里,忐忑不安地等待着接见。毛司长第一句话就说:"我爱人是中国煤矿文工团总团团长王昌厚,他说过瞿弦和业务很好,但是在我这里现在没有进京名额给文工团,所以不可能。"我战战兢兢地回答:"我知道了,如果有名额时可否考虑一下瞿弦和?"没有应声,我只好走了。怎么办?退缩吗?还能有什么办法?我通过亲戚还打听到一位政治部的书记,可是他也说调京人员的名额他们不管。当时看我几乎哭出来,他很同情。他只好和蔼地点点头,微笑着说:"我帮你问问人事司,别着急。"

回家后几天没有消息,又不敢去问。几天过去了,那天刮着风,下着雾一样的风沙,我吃力地骑车顶风而上,来到张书记家,他说这件事可能有门儿,毛司长问了王昌厚团长,说:"瞿弦和的确是他们需要的人。那就等回京人员名额吧!"

天啊!第二个回合有了希望,但很渺茫,部里什么时候有名额呢?什么时候开会讨论……一概不知,等待……等待……

1973年的春天,不停地扬沙、刮大风,我的心情像被掀到空中的沙砾一样,飘忽不定而且还落不到地上,心像是被挖空了一样。

不能再等,开始第三个战斗。人事处还有其他人,我再想办法。躺在床上想啊想,终于想到一位过去的邻居老郑是位公安部的人,他们和部里有没有联系呢?我来到他家,哎呀,太巧了,他在燃

筠英与儿子瞿佳

化部认识一部司长,正是人事司司长。天终于晴了,我第一次顺风骑回家,这才发现树都开始绿了,好兆头吧!我想司长若能关心一下此事,要是真能在会上讨论一下给文工团一个名额……

不料我的朋友老郑说找不到他,好像在开一个全国会议。怎么办?怎么办?我只好自己又顶风骑车到了六铺炕的部里,我把人事部的六个办公室的门一一敲开,一个人都没有。又回到第一个房间，小黑板上只有一个电话号码是××6688，我猜想是他们会议的宾馆，于是马上骑车找到老郑，他愣了一下："这是什么？"我说："你打这个电话问问全国会议燃化部住的房间号码一定能找到。"他哈哈大笑，我蒙住了不知为何，他说："你调到我们公安局做侦查员好不？"我也笑了。

又是焦急的等待，现在不知能做什么，只能听天由命了。

又是没完没了的刮风，没完没了的扬沙，我的腿也疼，脚也肿，休息几天吧！没想到刚过两天来消息了——部里已给青海省文化厅（今青海省文化和旅游厅）发了《商调函》。只等青海把档案发回北京，调动工作就完成了第一步。

这几天的努力锻炼了我的胆量、意志、斗志和不胜利决不罢休的精神。

当天我等到晚上十点半骑车到西单电报大楼打长途电话（因为晚十一点后是半价），我兴奋地告诉弦和部里《商调函》已发，就等你从青海发档案了，我以为他会痛快应承下来，没想到他说："我问过团长，他说绝不放我，还要提拔我。要不你来青海帮我说服他吧！""啊！要我去，那、那、那好吧，我明天就出发。"只有立刻行动，夜里十二点，我骑车径直到了火车站，买了第二天去青海的火车票，然后回家收拾东西。

踏上去青海的路程之前，我突然想到青海我一个人也不认识，于是想起我的老师马惠田曾说他有一个弟弟在青海是部队的干部

（当时正是各文艺团体军管的时期），也可能有一些认识的人。第二天清晨，我敲开了马老师的门，问他要了一封给他弟弟马润田的信和地址，又到学校领了工资，然后去医院做了眼睛睑腺炎（麦粒肿）的小手术。嘿，真倒霉！光顾着眼睛疼了，在公共汽车上

恩师马惠田

在青海工作的马惠田老师的弟弟马润田

被小偷偷去了刚刚领的工资和粮票,只好回家问妈妈又要了一些钱……虽然倒霉,但我想坏事能变好事,这一程没准在北京开头不顺,到青海也许会成功。

在火车上过了两个夜晚,我从脚到膝盖都肿了,因为我带了很多吃的东西,如糕点、香肠、油炒面……有油又有糖,这一大袋子吃的散发着香味,我只能紧紧地看着,中间到站也不敢下车。只在河南第一站——新乡,将车窗打开,不用下火车就买了两只烧鸡,味道好极了。火车上不去餐车,因为太贵,自己带的烧饼就着烧鸡吃了一路,还剩下一只半,一并带给弦和。

下车时弦和来接我,他说马上要去剧场演出,我只好在另一位同事的陪同下来到他的宿舍,这是一间十平方米的屋子,让他用木棍、报纸截了一个小厨房。放下东西我还没坐稳,话剧团的李团长来看望我,他一开口就说:"你是不是想把弦和调回北京?"我毫无准备,只是应了一声。他马上拉下脸坚定地说:"不——可——能,比登天还难,我正想把他从队长提成副团长呢!"我顿时清醒过来,斩钉截铁地回答:"不一定,没准能办成。"第一次谈话不欢而散,这就是团长给我的下马威,想到我在北京为调动所做的那些努力,不禁眼泪夺眶而出。

在青海这十天,有两件事是有意思的,在我知道了团长的坚决性之后,我决定去找文化局刘副局长,他曾经在北京答应过我:"弦和要能调回北京,我就放人,其他地方不行。"其实我知道他是觉得调回北京不可能。但是我就利用这句话想让刘副局长帮助我，可惜他在湖北开会，没办法，我妙生一计，给湖北的查号台打电话问他全国文化工作会议在哪个宾馆开，然后打给宾馆找到

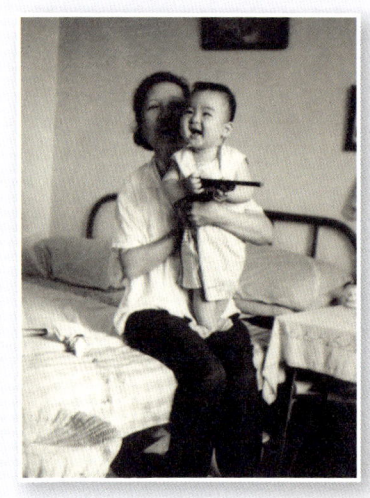

姥姥抱佳佳

夫妻照

刘副局长，他吓了一跳，问我："你怎么找到的？"我说："这不重要，重要的是您要说话算话，您出差去北京，当着瞿弦和妈妈的面说的话'调北京你同意'没忘吧！可一定要算数呀！"他无可奈何地答应了。为找人我可是又当了一次侦查员。

再一件事是我找王局长（正局长）的故事。我来到了马润田家里，问他认不认识王海平局长，他吃惊了，说："我和你说的王局长是好朋友。"我顿时放下心来。"王局长出差了，明天下午3点火车到西宁，还约我晚上去吃饭！正好，我可以谈谈这件事。"我说："不可。"他说："为什么？""话剧团李团长肯定当天晚上要去王局长家，您还是去火车站接他一起回家，路上就说我（筠英）来了，想让您放弦和回京，而且刘副局长也答应了，你就不置可否地推到他身上！本来也是他管文工团嘛！"马润田笑了，而且笑得都快喘不上气来，说："得得得，我真服了你了，明天我去火车站。"

大方向已定，档案的发出也是一波三折，就不详述了，但总算是发出了，我好像是随着档案一起回北京的。

春天过去了，闷热的夏天来临了，没有了风，没有了沙。潮湿憋闷的天气和我的心情一样，等待最后的调令发出才能算成功，否则就是功亏一篑了。

北京—青海之二　闷热的夏天

张筠英

1972年的夏天，蝉声格外响，时时有阴阴的天，像个蒸笼。有蝉声绕耳的噪声，还有让人喘不上气的潮气。等待的日子不知该做什么，心情就像闷热潮湿的天气一样，让人烦恼。

想起1970年的夏天，弦和请了假到我们锻炼的军营来探亲。他从天津下了火车，向我们的校友天津人民艺术剧院的演员宋玉璟借了一辆自行车（这辆自行车还是宋玉璟新买的），就骑往天津郊区张贵庄了。路上越来越难骑，从天津柏油马路到近郊的小石头子路，然后就是泥路，最后甚至是泥泞的带水的路了，无法骑，只能推着自行车走。

好不容易到了营地，我们还在开会，我被叫了出来，在院子里我请求领导为瞿弦和安排一间客房，领导答应了，我才放下

北京—青海之二　闷热的夏天

在中央戏剧学院接待前来参观的外宾（三排右一为宋玉璟）

心来。

假期十二天，弦和还要回京看望姥姥、爷爷、奶奶、佳佳、维维，回青海还要两天，所以他很可怜地在锻炼的基地待了两天就走了。

走的时候，他推着自行车，我送到营门口，他说："还早呢，赶火车是下午。""要不你再送我到大马路？如果时间还富裕我再送你回来。"我们俩边走边谈孩子们各种有趣的事,他告诉我,这次见到姥姥、爷爷、奶奶的身体状况还好。反正姥姥对佳佳是寸步不离,佳佳已成为姥姥生命的支柱、精神的支柱。维维在爷爷、奶奶那里,又有最疼她的米奶奶(保姆)天天围着她转。有一次米奶奶抱着她去买鸡蛋,维维非要自己从秤上拿到包里,售货员不让。回到家维维一直哭,"我要放鸡蛋……"米奶奶只好抱着她又回到商店,让她一个个把鸡蛋放到秤上再拿回来。米奶

儿子瞿佳

女儿瞿维

奶一边还说："姑娘，没关系，摔坏了我们赔……"

越说这些事，越不愿他走。哎，这个家现在几乎是一人一个地方，真好像心都分成好多瓣了。

说着又到了大马路上，那是个长坡，我说："路不好走，让我看着你上坡骑上自行车再回吧！"弦和看了看表说："不，我要送你回到营门口。"于是我们就往回走，此时是真的要分离了，什么时候能再见？我们俩都想问对方，又知道这是无解的问题，都不敢说出来，空白、空白……这最后回来的路，是沉默的路，仿佛很长、又觉很短，多希望是无限长啊！

想起这些事，更坚定了我要把他调回北京的决心。于是我又送他穿过芦苇荡的小马路，我们俩停在小马路边不知是要送他一程，还是他送我回营房，最后他坚持把我送回营房……

弦和还有一次探亲是从北京带着儿子佳佳来到营房，佳佳当时只有3岁，还不到4岁。我一见到儿子，不知不觉眼泪就流了下来，一把抱起儿子，儿子在我耳旁轻轻地叫着："妈妈……妈妈……"而后大哭起来，好让人心疼。弦和说从北京到唐山，再换乘汽车来到我们的驻地河北玉田县营房。在换乘汽车时，弦和去买票，把带着的衣服、食品、用具、旅行包等堆成一小堆告诉佳佳说："你看好这一堆东西，坐在衣服这个包上面，谁来和你说话都不要理他们，只等着爸爸买票回来。"3岁的孩子瞪着那大大的眼睛坚定地说："好！"弦和买票回来，从远处就看见儿子坐在

母子二人

从小就有主见的儿子瞿佳

旅行袋上,还伸着两只小手护着这一堆东西。看见爸爸回来了,站起来很骄傲地指着这一堆东西说:"爸爸,东西都在这儿!"

列队吃完晚饭,我就请假去了客房,弦和说佳佳那时很迷恋舞剧《红色娘子军》,身上总是背着玩具枪,做出各种舞蹈动作。但他不是以洪长青为模子,而是洪长青身边的警卫员,他明白自己太小了,当不了政委,他经常是做着前腿弓后腿——端枪射击的动作,引来很多人围着他看,大家悄悄议论说腿真长,是个跳舞的好材料,后来我们的形体老师张大英在他小学五年级时特意拿尺子量了他的腿与身高的比例，说他确实比一般人更适合学舞蹈，以至于解放军艺术学院在他上小学五年级时专门来家里，让他小学毕业考解放军艺术学院。

那年我们住在东四三条 69 号四合院的南房中，铺在地上的大石砖地面上都是潮湿的印子。据说这南屋是后盖的，原本是给北房清朝梳头李的姑姑看戏用的戏台，所以地下深处埋有大水缸，

从小喜爱表演的瞿佳

当年居住的南房

北京东四三条 69 号院门

而且特别的是南屋比北屋还高出三个台阶。

　　1972年佳佳4岁多,维维3岁,两个孩子可爱的样子真想和弦和共享,可惜他不在,多想他能回来。佳佳那时说话很有思想了,有时看见胡同墙上号召:"只生一个好,要节育。"他问我:"熊猫需要节育吗?"我一下子愣住了,连忙说:"熊猫不用。""为什么?""因为熊猫是稀有的动物品种,需要保护……"维维是个女孩子,有时爱哭,我说:"你别哭了!"她一边哭一边说:"我……不哭了,我……没……哭。"弄得我们哭笑不得。

　　其实生佳佳时弦和在青海,一个星期之后弦和回到家中,他回来了,一掀门帘,完全傻了,伸出食指,指着佳佳(当时我在喂奶)问:"这个小人儿是从哪儿来的?"我和姥姥、爷爷、奶奶相互对视笑得都弯下了腰,我说:"你说从哪儿来的?这是你的儿子呀!"生维维的时候,他在北京,当天上午送我去医院,中午11点才看上医生。医生翻开病历倒吸了一口凉气:"你是第二胎?""是""几点开始阵痛?""早上8点""是吗?8点,天呀!你怎么不早来?""我已经候诊3个小时了""快!马上把她送到产房,要从后门去,会快些。"我到了病房刚坐稳,产房护士就把我叫过去了,弦和说要给我取一些衣物就回了家。没想到进产房不到半个小时,我已经生了维维。这次是女孩,黑黑的头发,胖胖的脸。直到下午一点,弦和才回到病房,拿来了奶粉、糕点,我说已经生了,吓了他一跳,没想到这么快,"嘿!我又没赶上!"

北京—青海之二 闷热的夏天

儿子出生了

女儿出生了

姐姐弦音十分疼爱维维

青海的夏天是那么凉爽，抱着火炉吃西瓜，我也真的体验了一把。第一次探亲在一个星期日的上午，弦和说咱们去西宁唯一的大商店看看吧，我很兴奋，平时我就爱逛商场。到了大十字百货商店门口，我说："回去吧！""为什么？""没开门，你看窗户都是黑的。"弦和笑了说："这个商场就是这样，开门了但不开窗户。"进去看了看衣物确实没北京好，唯独西瓜上都挂着兰州的字样，很吸引人，于是我们就买了一个大西瓜回去。到了他的宿舍赶快切开了，很甜、很沙，我说："吃不完，晚上你演出回来再吃。""什么？晚上回来就吃不了了。"他很神秘地笑了笑，我有些莫名其妙。晚上他演出回来，虽然只是在院子里的剧场演出，但每个人都是穿棉大衣或披着棉大衣回来的，西瓜放在桌上，我也忘记了，因为太冷没有欲望吃西瓜了。

再一次探亲，弦和来电话说，他想儿子，能不能把儿子带到青海来，最好姥姥一起来！

我们在京商量了一下，决定按照他的话，准备了一大堆小孩子的衣物、吃的、姥姥的药品，冬天和夏天的衣服都带上了，孩子的奶粉、点心、腊肉、肉松，就是鸡蛋无法带。到了青海，弦和说我联系一下冷库，看有没有鸡蛋，两个小时以后，他就从冷库回来，带回了鸡蛋，这种鸡蛋我没见过，是冻成大冰块的无壳的蛋黄和蛋白放在一起的"冰蛋"。他一进屋一群人已经到了我们那间屋子里，有人拿来了秤，有人拿着小斧头，弦和说：

三代人合影

"砍多少是多少,没有办法。"大伙说:"有的吃就不错了,没得挑。"随着斧头的挥动,冰块夹着鸡蛋掉了下来,"3斤6两""2斤2两"……只剩下一大块,我留了下来。最有趣的是,每次他分东西卖都要赔钱,因为秤要高高的,冰块的融化和碎渣都是分量,他丝毫不在乎,只要大家高兴就好。我问他:"人家都说你是青海大学生交际花,是吗?""是呀!""这个交际花每次都赔钱

吧！""是。""原来你是个倒赔钱的交际花呀！""对！"其实我也挺喜欢他这一点的，不计较，很大方。虽然他长得奶油小生样，但处世还是有男子气的。

后来弦和搬到楼房里，我又一次带着佳佳去探亲，恰好屋子有一个较大的飘窗。西宁的食品匮乏，有时我叫佳佳在飘窗那看大街上有没有人拿着水果、菜之类的食品，我告诉他，看见有人拿就叫我。有一天刚要吃中午饭，佳佳喊我："妈妈，妈妈，有人手里拿着香蕉！""好吧，我去买，你在屋里等着别动啊！"我终于看见副食商场卖东西了。我赶快找了副食商场的负责人小鹿，小鹿说："我给弦和留着呢，你去拿吧！"我付了钱，提着两大把香蕉回来了。

佳佳看见马上就吃了两根，我说："别吃太多，会拉肚子的。"到晚饭前他已经吃了四根了，第二天又接着吃，还好没有拉肚子。这些在北京不可能发生的事，记忆特别深刻。

儿子到了青海，天天看他爸爸演戏，他只在爸爸开演前老实一会儿，开演后，他就开始在剧场和后台跑着绕大圈。剧场服务员都认识他，每天是12圈儿，绕一圈儿，看一会儿戏，再绕一圈儿。他在剧团院子里是个宠儿，长得白白净净的，一看就不是当地人。我给他织的小毛衣很显眼，是天蓝色的，毛衣上绣着一个滑冰的小兔子，穿上这件毛衣更像个小王子了。他说他最喜欢团里的杨建业，因为他像杨子荣。

北京—青海之二　闷热的夏天

佳佳学杨子荣

佳佳玩篮球

佳佳在院子里受到优待，他看见院子里有好几只鸡在跑，有的还飞了起来，就从屋子里伸出手，好像要抓只鸡玩玩。养鸡的主人看见就说："你出来吧，我给你抓一只玩玩。"佳佳从屋子里出来，养鸡的阿姨正好提了一只大公鸡走过来。佳佳愣住了，等阿姨到眼前，他"啊"的一声跑掉了，跑了很远才说："我不玩了，真可怕。"阿姨说："原来你不喜欢玩呀！"

白天弦和排演《艳阳天》，晚上演《焦裕禄》，当时全国都在演这两出戏。弦和扮演一号肖长春，他太瘦了，穿上中式衣服撑

不起来，刚好我在，我把棉衣拆了给他做了胖袄，我开玩笑说："可惜腿上不能做胖道具，你这腿太细了，不像农民。"他总是很严肃地说："我就是工农兵气质。"我说："反正我不敢称自己是工农兵气质，你也是个洋小生，戴上矿工帽你像德国矿工、戴上船帽你像美国军官、戴上博士帽你像法国教授，总之不是中国工农兵。"他说："你这是看不起我。"我说："这是实事求是，不是批评也算不上表扬。"

白天他们还是排戏，李丁导演总是邀请我和瞿佳去看他排戏，因为就在我住的楼内，而且都是二层。

有一次，李丁排到一半说："弦和你下来，我学学你，佳佳你看着我学你爸爸像不像？"瞿佳马上明白李丁伯伯是要学爸爸的缺点，于是瞪圆了眼睛、抿着嘴、鼓着腮帮子，很不满意地斜眼看着他。自己嘴里悄悄地说："你等着，现在你学我爸爸晚上看完戏我也学你。"我坐在他旁边，憋着不说话也不敢笑。没想到他晚上看戏竟然没有跑圈儿，只是专注地看李丁的戏。最后一场李丁一上场就满堂彩，他在这场是个配角，但做了很多小动作，观众们的视线都跑到他身上了，抢戏，真是抢戏！瞿佳说："我就学他这场。"回到家里他站在床上好像在台上，自己演起来，一会儿跟我要毛巾，一会儿要帽子，一会儿要有兜的衣服装上药片。自己演起来还问我像不像……

第二天李丁来到我房间，佳佳早在床上准备好，喊李丁伯伯

和导演李丁在一起

过来,李丁过去一看,他开演了,临时叫我拿点面粉放在头上,再戴上帽子,为的是表现摘下帽子、秃顶上冒着热汗……最后从兜里掏出药片假装咽下去,然后倒下……李丁看着佳佳的表演从吃惊到憋着笑,最后他明白了,他是在替爸爸"报仇"。瞿佳演完了,李丁把他抱起来亲了亲他:"像!真像,这下你替爸爸报仇了是吧?"瞿佳点了点头:"是!谁让你学我爸爸呢?"

姥姥到了青海也在做饭,一天她想做一回发糕,结果做完像

一堆泥,原来青海水的沸点只有70多度,用高压锅都很难做成。

这次探亲又有老人,又有孩子,瞿弦和让我结识了列车长常车长。来回的路上我们都是坐在乘务员那间最小的休息室里。那里有个带拐弯儿的座,姥姥和佳佳都可以睡一会儿,孩子也可以在有限的地方活动活动,没想到佳佳睡觉太不老实,一下没看住滚到地上,脑门鼓起了一个大包,我又气又笑:"快见到爸爸了,成了这样了。"姥姥说:"没关系,没关系,不影响外貌,我们佳佳什么样都好看!"

从此,我与常车长以及他们车组的列车员小温、小刘都熟了,知道他们十二天往返一次北京和西宁,心想这下好了,回京后每十二天我就给瞿弦和带些吃的,他们车上还有冰箱,能带的吃的范围也就很广泛了,这样弦和在青海吃的方面就不发愁了。从这时一直到他调回北京,五年多的时间,每十二天我没有一次不送,这五年坚持下来共有一百五十次之多。平日还好,买了东西知道他们是在第几站台停车,我便在他们开车前半小时到火车站买了站台票,假装送客人上车,到某某站台交给常车长或小荆、小刘。最困难的是春节,不卖站台票,我无法进站,手提着大包小包回去吧,不甘心。我站在北京站大钟下面的广场上想出一个主意,买一张车票,从北京到最近的丰台车站或某一个较近的车站,这样就可以拿着东西很顺利地进到车站内,但他们是哪一个站台呢?不知道!因为比较早,车站内没有通知,我只好拿着沉沉的几袋物品从第一站台开始寻找,第二站台不是、第三站台没有,爬上爬下,我已累得喘不上气来,只好找个台阶坐一会儿再找……终于在第六站台找到了挂着"北京—西宁"牌子的火车,功夫不负有心人,春节弦和回不来,但可以和他们的"单身汉"欢聚一下了。

更难的是在怀孕期间,我的妊娠反应很厉害,时不时要呕吐,根本没有力气,但数到十二天,我就像"打了鸡血"照样买东西送到车站,只是中途坐公共汽车要下车两三次,吐了再等下一辆车,就这样也要把物品送到常车长手中,常车长跟弦和说:"张老师对你太好了,我们都被感动了。"

期盼夫妻团圆

青海我去过四次，点点滴滴都很有意思。人是有感情的动物，感情能化成能量，思想也能变成力量。我常说婚姻要想长久，需要相互关心，要在对方困难的时候给予帮助。1967年，弦和从青海回来和我结婚，也是在"文化大革命"时家里出了问题，我情绪最低落之时，他提出结婚，就像给我注入了一剂强心针。这样相互给予的事例很多，当然生活中也不是没有矛盾，也有不少争论，但没关系，日常保持幽默，矛盾时保持沉默，矛盾总能化解，再想想对方的好，那就雨过天晴，一切矛盾便化为乌有了。

北京—青海之三　收获的秋天

张筠英

转眼三伏天过去了，树上的叶子又大量地落了，再过一些时间秋风起，枫叶、银杏叶便铺满大地，美妙的秋天来到我们面前，弦和的青海调动关也过了。他打来电话说不到一个星期就可以回京了，想起我回京前他送我上车时还说："这次调动影响面很大，要是调不成，可真是丢了面子，还怎么在青海待下去！"所以这几个月我心理负担极重，反复想：在哪个环节会出问题？用不用再跑一跑弥补些什么？但是我真的也想不出来了，仅有的一个问题是：他回京可以马上工作，而户口却还拿在手中，需要等待部里的进京名额。

想想我们俩人在大学的四年，虽然互相有好感，但当时大学是不准谈恋爱的。

有一位老师梁伯龙是我们的表演老师,他是一个不按常规出牌的人。我们在北京长辛店机车车辆厂劳动锻炼时,一边劳动一边还安排排练小节目,慰问工厂的工人,所以大家都很累。一天下午开始排练时,大家哈欠连天,排演的节目也失去了光彩。梁伯龙老师说:"你们都下去坐着,我来给你们演一个节目。"我们开始都没在意,依然是一身疲倦,半睁眼睛看着舞台。梁老师出场了,大声哼着芭蕾舞《天鹅湖》中《四小天鹅舞曲》的主旋律,自己连蹦带跳地从侧幕旁出场了。他舞步虽不准确,但演出风格和热情引起了我们一阵阵大笑。随着他的表演,我们都精神了,站起来。梁老师自己也笑场了,然后说:"开始排练了,都上台来吧……"

还有一件事,是在一节课后休息时,正好只有我一个人在宿舍想小品,梁伯龙老师从我们宿舍门口路过,他走进来坐在我对面笑呵呵地说:"我给你算算命吧!男左女右,你把右手伸出来,好!我今天给你算算你的恋爱运吧!"然后假装严肃地说:"啊……啊……哎!有了,你和瞿弦和谈恋爱了吧?"我不置可否地点了点头。"对!这份恋爱,目前好像是不允许吧?但是坚持下去,一定会有好结果的!放心吧!我支持你们。"说完站起来一转身走出了宿舍。这件事虽然只是短短的几句话,但在我的心中一直念念不忘,因为这种能坚定我和弦和感情的话,在当时真是少之又少。

北京—青海之三 收获的秋天

与恩师梁伯龙在一起

虽然我们俩人没有像现在的年轻人一样去看电影、去散步、去喝咖啡，只是在期末时一起温过书，而且都是在公开的场地：楼与楼中间、藤萝架下的横座上、楼前的石级上……奇怪的是，每次都有高年级同学指指点点或是一阵笑声。有一次我们俩正在温习俄语，我们的老师马惠田正好从旁路过，瞿弦和马上站起来，不打自招地说："我们俩在温习俄语呢！"马老师笑着说："温吧，

风趣的恩师马惠田老师

半个世纪后与90岁高龄的马惠田老师合影

温吧，我知道，我知道……"

在一次电视台采访中，马老师幽默地笑着说："就你们俩谈恋爱的事不仅我知道，所有的老师都知道，只不过抓不住你们的把柄，你们俩功课都很好，也不私下约会、看电影等，所以也就不捅破这层窗户纸罢了。"

大学三年级时我病了，星期六回京时，借了瞿弦和文史课的笔记。我的姐姐比我大11岁，她恰好回家，便问："这是谁的笔记？""瞿弦和的。""我看看。"我抬头看着姐姐，等待着她的评价，一会儿姐姐把本子放到桌子上，淡淡地说："还不错，看来是个用功的学生。"这一句话让我心里很高兴，终于受到家里人的认可。到了毕业演出时，除了大型话剧《青松岭》（其中我扮演秀梅，瞿弦和扮演张万有）、一台乌兰牧骑式的歌舞节目，另外我们还排了一个独幕剧《关不住的小老虎》，弦和是其中的男一号"小老虎"。姐姐知道后说："我去看看独幕剧！"其实她是去看弦和的表演，给他打分。她回来后我焦急地想知道她的反应，她笑了："不错不错，这个小老虎，哇……看来很聪明、很伶俐，业务能力不错！"这是来自家里人的好评价，特别是我姐姐，她是音乐学院的高才生，平时很严格地要求自己，要求学生，看来业务之关是通过了。

我躺在床上胡思乱想，更睡不着了，一会儿高兴、一会儿难过、一会儿烦恼，再加上调动工作的种种"坎儿"。

筠英家人合影

快八年了,我们虽说结婚了,但还是分隔两地,不能说是有自己的家。想想这种聚少离多的日子真有点儿可怜自己,一生只谈过这一次恋爱,快八年了还不能过过我们俩的小日子,何况调动工作的事还是没踏实落地。一步步走吧!坚持到最后就是胜利!

我心里又不踏实了。夜深真想跟弦和说:"我办一次调动要少活十年,本来我的脑袋长得就够大,一想这件事儿脑袋仿佛又长了一圈。"可惜没办法,只好劝慰自己放下这事,静等弦和回京。

终于等到这一天！弦和从西宁坐火车回到了北京。这一天真比过节还高兴，我带着佳佳、维维去火车站迎接，远处火车特有的汽笛声、轮子转动的声音传到了站台上，我在火车窗户里看到瞿弦和探出的头，便赶快叫儿子、女儿："你们看，爸爸回来了。"佳佳毕竟去过青海，和爸爸接触长一些，一眼就认出来，追着火车叫："爸爸，爸……爸……"女儿维维虽然也随着哥哥大声喊着："爸……爸……爸……爸……"但我看见她的脑袋像个拨浪鼓一样在东张西望，显然是没认出爸爸在盲目地喊。这情景我一辈子也忘不了，她是真的不认识爸爸。回到家中我问维维："你爸爸回来高兴吗？""高兴啊！""他这次回来就不走了好不好啊？""为什么不走？为什么不走？"说完大哭起来，我无可奈何地劝着维维，弦和看到这情景掉下眼泪来："我这次回来只负责和孩子培养感情，教育他们的事就归你了（指我）。"

此话一出，真是驷马难追，从那时到孩子上大学，他真的一句教育他们的话也不说，两个孩子的家长会一次也没去过，连他们暑假、寒假去哪里玩也不管，只管给孩子们买礼物，当然也给我买礼物。他还说："是中国煤矿文工团给我调回来的，我要报恩。"于是他日以继夜想的都是团里的事儿。

调回来后他第一次看到我妈妈，两个人都笑了。"妈！进您的家门真不容易，两次都没进去！"我妈妈只好笑着说："对不起啊，那时也不知道你能成我女婿呀！"弦和笑着说："没关系，没关系，筠英难追嘛！"其实这里面有两个小故事。

第一个小故事是我们考上中央戏剧学院以后，离开学还有近两个月时间，我的姐姐所在的中央音乐学院当时搬到天津，她要我去天津帮她照顾我的外甥女儿——马楠。那时牛奶不好买，有定量，不够孩子吃，需要每天去天津小白楼排队买额外的奶，于是我的任务就是每天去买奶，然后跟姐姐要点钱吃冰激凌。就在这期间，弦和来到我家，进门后他问："张筠英在家吗？"我妈妈说："不在，去天津了。""什么时候回来？""你有什么事吗？""我

全家福

想让考上中央戏剧学院的北京同学一起出去玩玩！""哦，你考大学是为玩还是学习呀？"弦和无言以对："是……是……""筠英开学才回来。你回去吧！"第一次的闭门羹就是这样吃的。

第二个小故事是开学后，有一天我病了，星期二早上还没去上课，但我不愿意耽误太多课程，于是到上午十一点多钟就回学校了。弦和上午一下课，没吃饭就来看我，一进我家大门，我妈妈说："我认识你叫瞿弦和，因为我看了你们一年级的考试了，筠英已经回学校了，你可以回去啦。"弦和后来说第二次闭门羹吃得更惨，一句话都没说出来……

说实在话，我妈妈是很聪明的人，话语都很犀利，但是弦和嘴甜，一天不知叫多少回"妈"，弄得我妈妈没办法，她说："这个女婿比儿子叫妈都叫得勤。"自从弦和调回来，大部分时间都和我妈妈生活在一起，因为她孤身一人，我也和公公婆婆说明这个情况："我不是不愿意和你们在一起，再说您这里还有保姆，主要是我妈妈一个人，不过您放心，弦和每天都会看望你们，中午回家更不成问题，我也常回来看望你们，家里要想请客吃饭，我还是来做菜。到过春节，年三十在姥姥家过，初一在奶奶那里过。第二年三十在奶奶那里过，初一在姥姥那里过，您二老放心！"其实在哪儿都是我做饭，但是为了照顾他们的情绪，不要让长辈感觉顾此失彼，不平衡，所以每年换一次。

领证结婚后，弦和经常把姥姥带到奶奶家住几天，虽然奶奶家里是两居室，不大，但大家相处得很好。姥姥菜烧得好，做几个福建菜、上海菜，爷爷奶奶吃得很高兴。有时吃完晚饭回东四三条姥姥家，总是弦和骑着自行车驮着姥姥到汽车站，有好几次遇到修路，自行车要过木板桥，颠得很，把弦和吓出一身冷汗，

姥姥演嫦娥

姥姥总是说:"没事,没事,我很灵活,上中学时还演过嫦娥呢!"

我们相处得非常好,没有什么矛盾可言。弦和的妈妈去世时,我妈妈还在家放了一张照片,还有自己手制的小花圈,下面题词"不是永别,是再见",感人至深。

只是调动工作之事还有一个户口问题没解决,因为把户口落在廊坊还是落在北京还不确定,这个问题始终是让人悬着心,放不下。

北京—青海之四　温暖的冬天

张筠英

　　一家人真正团聚的日子在这个下了雪又晴天的日子里实现了。弦和手中的户口在派出所里登记上了，弦和说："我现在是北京人了，可以踏踏实实地为文工团工作了！"从当演员到话剧团团长，再到当中国煤矿文工团总团团长，每次文工团下矿他都去，每次装台登高爬梯他都上。刚调回京时他不满29岁，有一次从梯子上摔下来，中午就回家了，他小声说："我去睡一会儿，如果下午爬不起来，你再送我上医院。"结果下午一点多钟，他竟然一骨碌爬下床说："好了，好了，没事啦，没事啦！""你真是吓死人！""我怕自己摔坏，刚回北京再残疾了……""真是瞎说！""那我上班去了，还要连排呢！"

　　他们那时正在排《艳阳天》，他刚来文工团，被分配演只有

北京—青海之四 温暖的冬天

在中国煤矿文工团建团六十周年大会上讲话

感恩协助调动工作的好友唐整

中国煤矿文工团建团六十周年大会

一句词的气象员,后来演一个中农,他都很认真,只是在青海他演的是一号男主角肖长春。又过了些天,他被调整为肖长春B制,后来又调为A制。他们正在门头沟演出时,李丁回京探亲来了。

李丁老师回来就到我家里来,他说一定要看看中国煤矿文工团的《艳阳天》什么样,和他的青海省话剧团的《艳阳天》有什么不同。他来我家吃饭时,还有一个小笑话。围着小圆桌坐下,他说:"你妈妈做的菜真好吃。"姥姥眯起眼睛笑着问:"你六十几岁了?""姥姥我还不到六十呢!""哦,真是对不起,对不起了!"第二天我要送他去门头沟的车站,午饭时姥姥又眯起眼睛打量着李丁的面容问他:"你六十几了?""哎哟,姥姥我不是说过我不到六十吗?""哎呀,真是对不起,对不起,我记性不好,不过你这头发还真是没多少啦!"李丁老师尴尬地笑了起来。

第三天他从门头沟回来,给我打电话说:"我看了他们的《艳阳天》,也不见得比我们青海的强多少!""那主要问题是什么呀?""嗯,我看主要是演员之间的交流问题,互相交流产生的激情少,感人的地方就少了嘛!""对,我一定告诉弦和,让他自己注意!"

从青海回北京之后我们与青海的联系基本没有断,弦和说:"青海也是我的第二故乡,我在青海学到了很多在北京学不到的东西,比如和社会的融入、和人的交往。""是啊,大家都说你是青海话剧团的交际花嘛!""就我一个人在青海,什么都要自己办,上学的时候都是家里帮忙办,吃喝拉撒睡都有人管,我不操心。去了青海一个人,什么都要计划,连房子怎么打隔断都要自己干,为了吃喝,要和副食店的人打交道;为了吃上面条,要买好面粉拿到街上去换;为了吃上肉,要自己去排队……"

想起我第一次去青海,听说卖牛肉了,我拿了一个袋子就去排队了。好不容易排到了,售货员用青海话问买多少,我鼓足勇气说了四斤,售货员手一挥让我走,我不明白愣愣地站在那里,后面一个从外地调来会说普通话的妇女用她那上海腔告诉我:"这里没有卖几斤几两的,你没看见他们用斧头砍肉,牛肉几斤几两带骨头没法卖,你只能用青海话告诉他一个数字,他就给你砍了。"我说:"你替我说吧!两斧头行吗?"周围的人都笑了。

我好不容易才买了这几斤肉,带回宿舍分成四份,一份纯瘦的,可做炒菜,其他分成三份做炖菜,红烧牛肉、咖喱牛肉和番茄牛肉。调料我从北京已带来,美餐了几天……

吃了几天好吃的菜,弦和问我:"你走了,怎么办?"我说:"我可以给你写一个菜谱,日常烹炒炖煮,蔬菜、肉类,起码是牛羊肉的菜都有,最简单的也有西红柿炒鸡蛋、洋白菜炒面……"说到做到,我真写了一个菜谱给他。他们几个"单身汉"聚会时,他也就成了大厨,后来大家给他起了个外号"瞿聚德",此名是由北京烤鸭最有名牌的"全聚德"演变而来。可惜他调回北京已经五十年了,我还没吃上他做的饭,他的借口是:"我做的没你做的好吃!"

青海的物资渐渐好了许多,但花样不多,凡是弦和认识的朋友家里有人结婚都要他在北京帮忙买喜糖,特别是那些从北京、上海、天津到青海支援边疆的人。每次买糖的任务也落在我身上,还好那时我已搬到地安门的学院宿舍,那里有地安门商场,还有很多小商店。我每次会买十种以上的糖,奶油糖、酥糖、话梅糖、巧克力味道的糖、夹馅儿的糖、糖纸漂亮的糖……然后还要算一算各种要多少,加起来的钱要符合人家的预算,当然少赔上一些钱也没关系。

要是青海有人到北京出差,弦和必然要接待。那时候在外面请客很少,我们没有什么富裕的钱,只能在家里做饭。有一次在青海对他最好的团长张志方团长突然来了,弦和知道已经是下午6点多了,问他想吃什么,他说:"我就想吃北京的炸酱面。"刚好家里没酱了,我立刻拿着大玻璃瓶和他们一起去买。售货员问弦和买多少钱的酱,他说10元钱的(我们当时工资是每月56元钱),售货员说:"您为什么不拿一个大盆来,这大玻璃瓶只够装一元钱的酱。"张团长说:"弦和你回北京什么饭都不做,什么菜都不买呀!还不如在青海勤快呢!"

青海和北京的联系一直没有断,我说弦和是西宁的北京联络站站长。

青海的朋友也常常带羊肉和当地人参果"蕨麻"来,青海的朋友还是那么"豪迈",一带羊肉就是半只羊。直到今日,我还是认为青海的羊肉最香、最没有膻味,白煮都是甜甜的肉香味。现在每年我们都能吃上青海的羊肉。

　　李丁老师八十周岁生日时,来了很多青海的同事朋友。他也把我和弦和叫了过去,他说在他无故受审查的时候,弦和很关心他,依然把他当作老师来对待,他记一辈子。弦和说:"一日为师,一辈子都要尊重,我第一次去青海吃的第一顿饭就是李丁老师和夫人贾九霄做的清蒸海带卷儿,那味道也是一辈子不忘。"贾九霄老师说:"今天再给你们做一次。"李丁老师半开玩笑说:"今天菜多的是,再说现在再做也不会觉得有当年的好味道啦……"

青海省话剧团团员在北京合影

青海—北京、北京—青海，难忘的地方、难忘的事、难忘的人。留在记忆里的是温暖的感觉。要是缺少了青海—北京、北京—青海这一笔，我们的人生就缺少了很多锻炼，好像不完美了。不平静又略带缺憾的日子，反而给人生增添了很多色彩，让我们日后获得了许多荣誉。

春、夏、秋、冬都走过来了，即便一家人团聚的日子也让人

弦和获全国侨界"十杰"荣誉称号

朗诵界年会上筠英获"致敬杯"

北京—青海之四 温暖的冬天

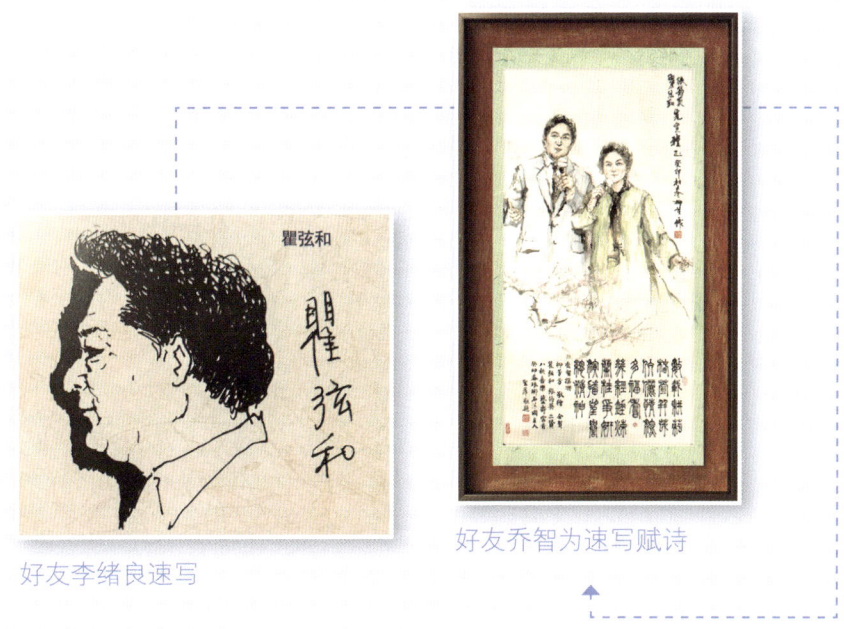

好友李绪良速写

好友乔智为速写赋诗

常常想起青海的八年,特别是1973年的西宁与北京的春、夏、秋、冬,这一年是变化的、操劳的,同时也是深情的、让人快乐的。现在想一想焦虑的春天也只能算是希望的春天,闷热的夏天变成了热情的夏天,而收获的秋天是团聚的秋天,温暖的冬天就是大团圆的冬天。快乐成了生活中最重要、最丰富的元素了,正是由于有那么一段别离的悲哀才使得现在的生活是那么心满意足,好好工作吧,永远感恩周围帮助过我们的好人。

青海八年八台戏

瞿弦和

话剧演员有戏瘾,演起来没个够。在青海的八年,是大学毕业后精力最充沛的时期,参加的剧目远不止八个,但有八个剧目却成为我艺术人生中难忘的经历。

话剧《昆仑战风雪》,是我走出中央戏剧学院校门进入剧团实践的第一出戏。一个艺术院校毕业生,无论你在校的成绩如何,到了省剧团,想争得一个机会是非常不容易的,哪怕只有一句台词!

1965年,青海省民族歌舞剧团赴北京,带来的剧目是西北地区现代观摩演出大会中的优秀作品——话剧《昆仑战风雪》。剧组的驻地是西苑旅社,我去报到时,正是该剧在京首场演出的上午。

王宗吉团长让我下午随团去北京民族文化宫礼堂先看一场,熟悉一下。我站在下场口音响操作台白雁老师旁,戴眼镜的白老师

话剧《昆仑战风雪》节目单

特地搬来一把椅子,让我安心看戏,不时还讲解剧中的人物关系。

剧中的主演很多都不是话剧专业,因为那时青海省话剧团还未宣布成立。主角马本源是西宁贤孝(非遗曲艺)的著名演员,彭友林、王灏、张桂芬等都是声乐演员,而扮演民兵班长周加的是歌舞团的舞蹈尖子演员王泮安,一批年轻貌美的民族舞蹈演员扮演群众。

整台戏舞台色彩鲜艳,舞蹈场面丰富,具有西北草原的特色。第一场赛马会是群戏,王团长让我第二天就上场,说一句台

话剧《昆仑战风雪》剧照

词:"快马叉子枪,马好人更强。"我高兴极了,早早化了装,藏族演员帮我换上藏袍,告诉我腰带要系在胯上,而不是腰间。再穿上藏靴,戴上皮帽,好威武啊!

  大幕拉开就是热闹的赛马会,我们的眼前仿佛有一马队在奔驰,我伸手指向远方,大声地说出这句台词,好过瘾呀!哎?怎么演员人数比昨天多了?原来,每道边幕都站满了演员,是为了看看我这个刚刚报到的大学毕业生是什么水平,我根本没有思想准备。

  第一次考核通过了,王团长说:"你准备一下民兵班长周加的台词,你是个好苗子!"

这台话剧从北京经呼和浩特、石嘴山、银川、兰州一路巡演再回西宁。每到一地，当地的报刊都会刊登出演员们的演出感想文章，例如马本源写的《公保太鼓舞着我前进》、王灏写的《学英雄，演英雄》、张桂芬写的《生活教育了我》、吴暇写的《演央吉的点滴体会》，藏族演员德西措毛、才让，蒙古族演员兰本、齐美德也都写了短文……看到这些，我觉得这个团的团风很正。

《昆仑战风雪》广告

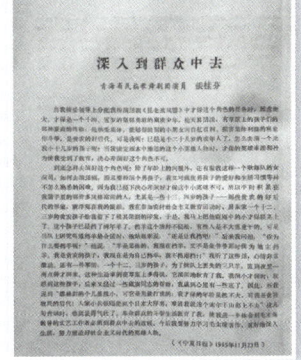

张桂芬心得　　兰本、齐美德心得

《昆仑战风雪》剧照（前排右二为团长王宗吉）

团长王宗吉不仅威望高，而且亲自上台扮演书记，不脱离业务。

有一场演出，因找不到藏靴我穿着自己生活中的鞋就上场了。舞台监督发现了，严厉地问我怎么回事，我正要检讨，服装师马秀莲赶过来说："怨我怨我，鞋没放在原来的地方。"善意地帮我圆了场。这个团的人都很善良，进入这个团工作让我觉得很幸福！

五场歌剧《向阳川》中的社员乙是我大学毕业后扮演的第一个人物，是演员表中有位置的角色。

（第二场，社员乙搀常大伯上，翠林和永禄从屋里出来。）

众人：这是怎么了？

社员乙：是这么回事，我们从县上拉水泥回来，走到刘家沟，大路让洪水冲断了，重车过不来，常大伯说，这车马劳力耽搁一天就是一天的浪费，一个蹦子跳到水里，领着大伙，把一袋袋的水泥扛了过来，就这样在洪水里沤了大半天，受了凉，关节炎又犯了。

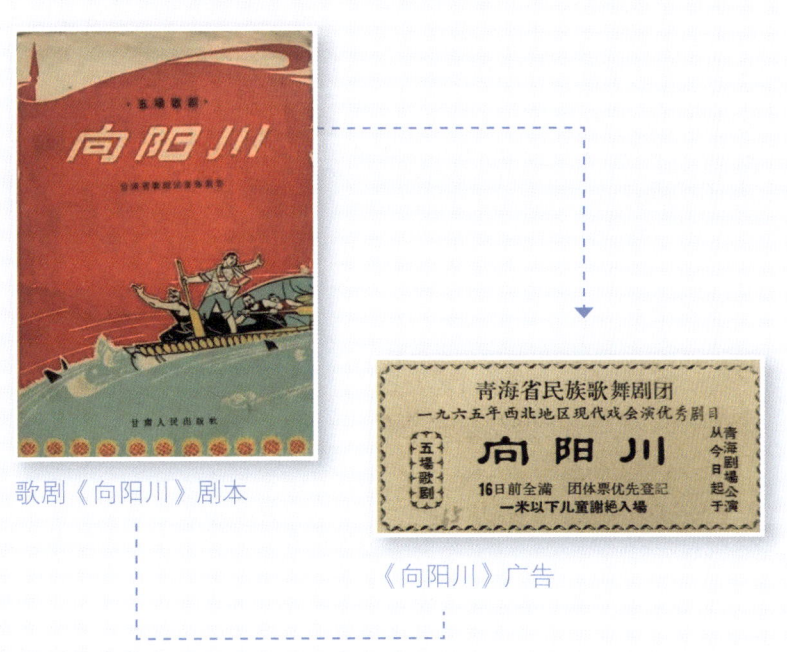

歌剧《向阳川》剧本

《向阳川》广告

演出时,我穿好服装,先在乐池里参加伴唱,然后从台阶跑上舞台,开始了这段戏。其实就是一段小过场,没想到歌队队长彭友林却在全体会上表扬了我:"你们听听小瞿的台词,像炒蹦豆似的,那几个'一'字清清楚楚,有基本功啊,大家要好好学习一下。"

彭友林老师是我的一位伯乐,青海省话剧团成立之前,我一直在歌舞团,他给予了我很多次锻炼机会,表演唱、对唱、合唱……让我积累了不少实践经验。

在彭友林领导的歌队中,有一位男高音叫潘世鸿,南方人,喜欢穿开身毛衣,戴着度数深的眼镜。他声音飘逸,当时下基层演出时,多是演唱革命歌曲,因此绝对缺不了他。他说话时声音位置很高,好像练声似的,我与他初次见面,是在传达室门前,他与其爱人一起出门,我问他:"你爱人在哪工作?""我是倪燕娥,是二医院的眼科大夫。"他爱人主动说。"噢,世鸿,是你眼睛近视,找了位眼科医生陪着你吧!"他们夫妇笑了起来。那时歌队还有一位特殊的专家,印度尼西亚归侨、歌唱家黄源尹,夫人余启英也是歌唱演员。黄源尹的儿子黄小松长大后在中国香港宝丽金唱片公司工作,20世纪80年代录制过全版《黄河大合唱》,他还特地从香港打电话找我。遗憾的是,黄源尹在青海西宁突发心脏病,过早地离世了。

我调回北京后不久,彭友林、潘世鸿等调回了安徽马鞍山市,

青海八年八台戏

彭友林老师

潘世鸿、倪燕娥夫妇与黄源尹合影

调至马鞍山工作的彭友林和夫人陈渊

我们在第一届中国诗歌节期间还聚会了一次,写这篇回忆录时,潘世鸿已85岁了,他还特意发来当年他们夫妇与黄源尹老师在西宁胜利公园合影的老照片。

话剧《夜海战歌》是学习剧目,当年中国人民解放军海军政治部话剧团(今中国人民解放军海军政治部电视艺术中心)在北京的演出轰动了全国,我们青海省话剧团也要在青海展示给观众。

《夜海战歌》广告

话剧《夜海战歌》舞台布景

我在剧中扮演老阿公，整场赤脚，拿个大烟袋，在岸上、炮艇上来回走动。关键是这艘炮艇，它几乎占了整个舞台，不仅需要看起来逼真，而且需要在舞台上开动起来。舞美设计洪兰航下了一番功夫，炮艇很快制作成功，大家一致认可。

当时的剧场舞台没有升降或平移，怎么办？我们几个年轻人一起商量，需要解决下面的问题。第一，炮艇下必须有多向胶皮轮，不仅能吃重，而且还要能推动。可轮子安上了，但十几个人向前推时却纹丝不动。另外，演出中大部分演员都在炮艇上，哪有那么多人力呀！第二，炮艇开动时必须明显，舞台上空余的地方不大，启动必须有速度，不能只靠人力推，它需要有牵引力。

通过研究我们发现，舞台旁侧装卸道具大门旁有钢筋水泥柱，可以生根。于是，我们自己做了一个铁架子，上面装了类似农村辘轳的摇把，是双人可同时摇的。炮艇的船头下方锁定中心点，用钢丝做牵引，另一端钢丝绕在摇把上。生根处、连接处均用紧绳器，保证牢固安全……没想到方案居然成功了，两个人摇动把手，炮艇乖乖地前行。每场演出结尾处炮艇启动，都会赢得观众的喝彩，形成全剧的高潮，有的观众爬上舞台，要看看到底是什么暗道机关。当看到铁辘轳和钢丝时，他们笑着说："就这土办法，把我们唬住了！"

话剧《艳阳天》由同名小说改编，是根据河北省话剧院1972年8月的演出本排演的七场话剧。最难忘的是导演李丁。

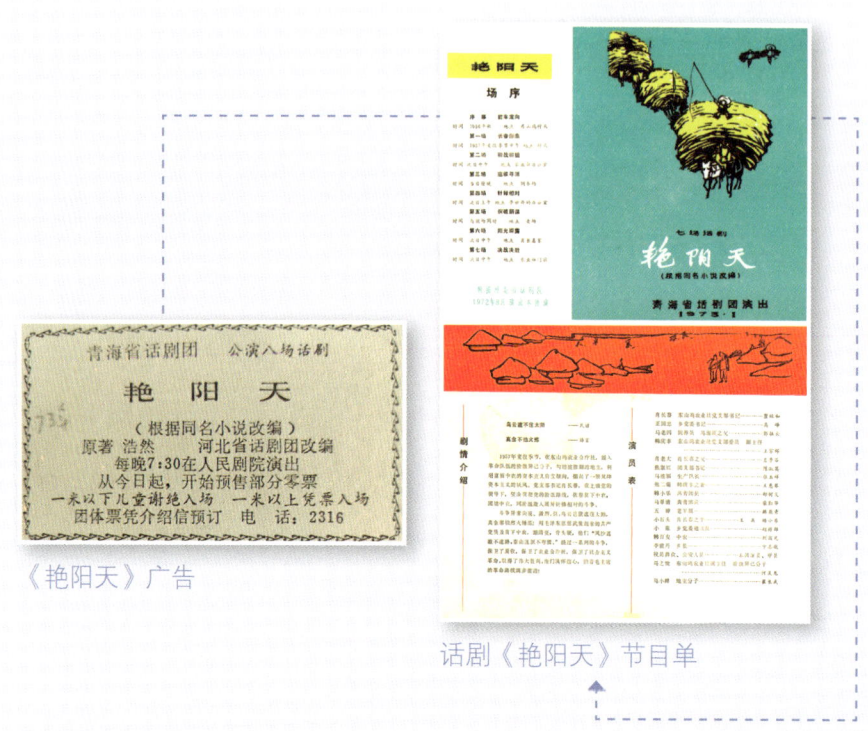

《艳阳天》广告

话剧《艳阳天》节目单

李丁老师的表演水平是一流的，我们在中央戏剧学院学习期间就观摩了他主演的多部话剧：哥尔多尼的《一仆二主》、契诃夫的独幕剧《求婚》、孔尚任的《桃花扇》……他在舞台上如鱼得水的表演得到行内专家和话剧爱好者的一致赞扬。

他和我们夫妻的私交很好，排演期间恰逢筠英带儿子瞿佳到西宁探亲，又增添了不少生活的乐趣。李丁老师在导演过程中始终强调"生活""自然"四个字，但在人物性格体现上，又不放过任何一个外在形体动作，行走、站立、坐姿、握鞭子……都要有特点，不能一般化。他觉得我过于清瘦，缺少点儿劳动人民的气质，让筠英特意为我做了胖袄，加宽我的肩胸，筠英还开玩笑说："可惜要卷起裤腿，不能做胖腿。"

当我调回北京后，又在中国煤矿文工团话剧团演出了《艳阳天》，我依然扮演肖长春，当然也经历了"考核"，先演通讯员、再扮老中农……取得信任后再次塑造主人公肖长春。李丁老师不放心，执意要亲自看看演出，当时我们正在北京京西矿务局（今

在话剧《艳阳天》中扮演肖长春剧照

北京矿务局）巡演，交通不便、住宿条件差、剧场狭小……但他乘郊区汽车赶到京西矿务局，晚上看戏后，又与我一起睡大通铺，我感受到这位大导演的关爱，那晚他问起我："还记得斯坦尼斯拉夫斯基体系的元素训练课吗？"我像背书一样回答："每个单元都有考试，忘不了：行动和任务、无实物练习、想象与合理、判断事实、交流适应……"他强调："你到一个新单位，排练演出中千万别忘记交流。"我明白了，李丁老师提醒我：不论与哪类型的演员合作，眼神的交流，送过去、接过来，每一次都不能马虎，这样才能有表演的深度。

独幕话剧《走到哪里哪里红》是《门合》组剧中的作品，作者是我，这是我执笔的第一部独幕话剧。

1967年，青海某部干部门合，为掩护27名阶级兄弟，扑向防雹火箭英勇牺牲，被授予"无限忠于毛主席革命路线的好干部"称号，成为与雷锋、焦裕禄齐名的英雄。

这部话剧在青海文艺界掀起宣传热潮，用各种形式号召人们向英雄门合学习。青海省话剧团指派我、王稔、何天龙、左季谷四人组成创作组，《门合》剧组问世。我们深入实地，参观了英雄门合的出生地，查阅了有关资料，我发现了门合回故乡探亲时的一段经历，便把它扩展成独幕剧。情节是这样的：门合路上遇到社员抢修漏水的渠坝，奋不顾身跳入水中抢险，一贯做好事不留名的英雄门合，做完好事悄然离开了现场。急于表达感激之情

我执笔的第一部话剧《走到哪里哪里红》剧照

演职员表：
门　合——扮演者王德才（毕业于中央戏剧学院表演系）
门合母——扮演者钱永元（毕业于中央戏剧学院导演系）
门合父——扮演者何天龙（毕业于中央戏剧学院表演系）
门合妹——扮演者许素英（青海省话剧团演员）
二顺子——扮演者瞿弦和（毕业于中央戏剧学院表演系）

导演：周光辉（毕业于中央戏剧学院导演系）
舞美设计：洪兰航（毕业于中央戏剧学院舞美系）
青海省话剧团演出；青海省京剧团、西宁豫剧团改编演出。
演出地点：青海剧场、人民剧场、解放剧场。

《走到哪里哪里红》演员表

英雄门合牺牲地

的青年社员二顺子到大队干部（门合父亲）家里报告，却意外见到正在挑水的门合，门合的舍己为人的事迹、其父母讲述的苦大仇深的家史感动了不安心在农村工作的妹妹。剧名正是当年对门合的赞誉——"走到哪里哪里红"。

也许是巧合，独幕话剧参演人员几乎是同赴青海的中央戏剧学院毕业生，导演周光辉，演员王德才、何天龙、钱永元和我，舞美设计洪兰航。唯一的歌舞团演员许素英扮演门合妹妹，她高兴地说："这下我也成中央戏剧学院的毕业生了。"没想到这部独幕话剧在青海剧场首演获得极大成功,当地京剧团、豫剧团还进行了移植,在人民剧场、解放剧场同时上演。李丁老师的夫人贾九霄说:"不错,开场铺垫得好,又应了那句话'误会和巧合是不可缺少的手段',这要是在我们中国青年艺术剧院,领导发现你第一次写戏就有这样的水平,准把你吸收进创作室。"

我哪儿是那块料!还是好好演戏吧。在《门合》剧组中,我不仅在自己写作的独幕剧中扮演青年社员二顺子,还在王稔写的小戏中扮演战士小李。

李丁老师的夫人贾九霄

《门合》组剧中扮演战士小李

记得当时有这样一个小插曲,在《走到哪里哪里红》一剧中,导演周光辉不仅安排我骑自行车上场,还在意外发现门合时,运用了一个调度,从台左跳过一个小竹凳,飞奔至台右的门合面前。观众边笑边鼓掌。可能小竹凳不高兴了:"你怎么能从我身上跳过去?"在接下来王稔写的小戏中,小竹凳仍作为道具出现在门合住的地窝子里,扮演小战士的我,前来看望门合的家属,坐在竹凳上嘘寒问暖,起身时羊皮大衣的羊毛被竹凳的缝隙夹住了,在我身后挂着,我毫无察觉,观众却笑个不停……当我发现时,一边拿下来,一边说:"我拿去修一下。"第二次上场,我自觉应弥补一下,说:"我给您修好了。"可这画蛇添足的水词又引起观众的哄笑,正剧之中增添了喜剧色彩。

独幕话剧《反侵略的怒火》是青海省话剧团上演的具有异国特色的剧目。为支援非洲人民抗美,该剧表现了非洲人民在美军基地的反抗斗争。主要演员有三人,我扮演黑人领袖姆鲁普,何天龙扮演美军上尉,王稔扮演勤务兵劳屏。又是三位中央戏剧学院61班同学再次同台。

三位老同学只用了一个晚上就排成了,化妆师谷秀英也在最短时间内为两种不同肤色的人物做了准备,道具师姚师傅还找来了汽油桶,主人公姆鲁普最后要在汽油桶上敲击出非洲战鼓的节奏。

一切都很顺利,没想到演出时何天龙突然忘词了,他没有慌张,煞有介事地走向王稔:"劳屏,我好像还有什么事情?"王稔

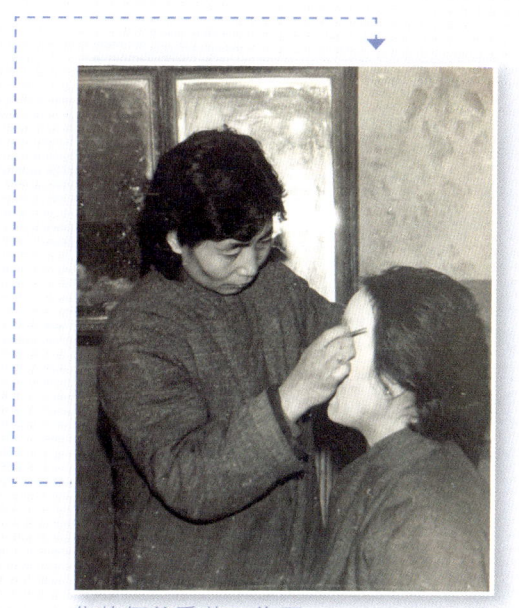
化妆师谷秀英工作照

是我们同班同学中最爱耍小聪明的,他明知何天龙让他提词儿,却装傻地问:"是吗?"何天龙转了一个圈,又一次走向王稔:"你帮我想想,我确实是有什么事情!"可能是四年大学同窗太熟悉了,王稔忍住笑,又回了一句:"是吗?"那个"是"字拉得特别长,何天龙明知他捣乱,气得直挥拳头,这一挥不要紧:"啊!我想起来了!"

演出结束,我们仨笑着抱在一起,化妆师谷秀英跑过来说:"我到观众席看了,加的那段戏挺有意思的!"

《不平静的海滨》广告　　　话剧《不平静的海滨》节目单

话剧《不平静的海滨》是部情节戏，当年全国多地话剧团都在上演。我在剧中扮演男主角——公安局科长江振华。这部剧上座率极高，我们常常是日场接晚场。

我曾写下一篇业务笔记：今天在人民剧院演出《不平静的海滨》。主人公江振华是位久经考验的公安战士，他乔装打入敌人内部，为了使对方相信，他一改公安战士风貌，以放荡不羁的做派出现，临走时从圆桌上提起皮包不辞而别，目无一切。

这场演出，我提皮包时碰倒了茶壶，以人物身份，我完全可以毫不理会，毫不在乎，而我却跳出了角色，把它当成舞台事故，以演员本色，俯身去拾起茶壶放回桌上……回想起来，真是极大的失误。仅这个举动，剧中的对立面，定会看出破绽，产生怀疑！从演员本身检验，也不符合"此时此地我就是"的表现要求，真是一次教训。

五场话剧《高山尖兵》是1972年为参加西北现代题材会演，青海省话剧团的原创剧目。我在剧中扮演具有主观唯心主义的支

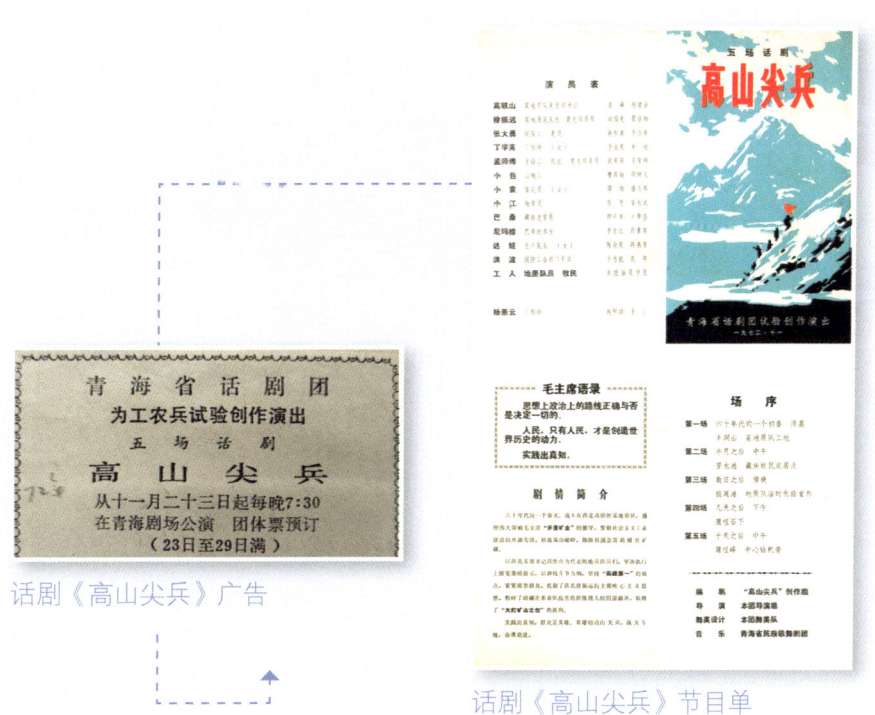

话剧《高山尖兵》广告

话剧《高山尖兵》节目单

《高山尖兵》剧照

《高山尖兵》剧照，与高峰、赵尔康、牛欣同在剧中演出

队长徐振远。这是一部体现"开放矿业""实践出真知,群众是英雄"的工业题材的话剧。

这部戏后来曾作为青海省的代表剧目到北京汇报演出。第一场演出地点是北京红塔礼堂,这是一座设备不错的内部礼堂,我一到后台,扮演藏族少女尼玛措的演员李立红第一句话就是:"你来啦,今天上不上?"我笑了,"词儿都忘了,怎么演?""瞿老师,我们这几个都是您招的学生,哈哈,也叫上了'贼船',您回北京了,还得经常关心我们呀!"我说:"你嫁给杨建业了,那可是

与杨建业、李立红夫妇合影

演员们在车间合影

与王宗吉团长、曹昌焕导演、孙家琪等演员合影

话剧团演员赴龙羊峡水电站工地采风

电影明星啊，随时都能请教，论辈分，人家是我师哥呢！"后台一片欢乐。

后面的演出安排在煤矿，我不能不相信缘分！剧场是北京矿务局木城涧工人俱乐部，也是中国煤矿文工团熟悉的剧场，这次要接待我曾经工作过的青海省话剧团进京演出，绝不是巧合。命运的安排就是永远深入基层，服务人民，接地气！

我自豪地告诉青海的老朋友，木城涧工人俱乐部建在轮子坡上，那里有360级台阶，是个景点，也象征着转动一个360度，我们又团聚了。

还有一部话剧《大路朝阳》，虽然不在八台戏之内，但它有着特殊纪念意义，因为我是该剧创作组成员，也是导演组成员。

话剧《大路朝阳》节目单

它由青海工人组成的毛泽东思想宣传队演出。

　　这部六场话剧的执笔是原青海省委宣传部的李振同志，歌颂了青海湖牌汽车的诞生，参加演出的有青海省汽车配件制造厂、西宁钢厂（五六厂）、青海农机铸造厂、青海锻造厂、青海微电机厂、西宁铁路分局机务段、有色冶金安装公司、青海拖拉机厂、青海山川机床铸造厂、青海省电力建设公司、青海省第一汽车运输公司、青海省第三汽车修理厂、青海乳品厂的业余演员，多么雄厚的群众基础啊！

学生孙家琪为中国人民解放军原北京军区政治部战友话剧团副团长

青海文艺界演出流动舞台

仅存的"青海湖"牌卡车

他们当中的李万库,后来成为青海省话剧团专业话剧演员,孙家琪考入原兰州军区战斗文工团,又调至原北京军区政治部战友话剧团,因业务突出,担任了副团长。

2017年我们赴青海拍摄《世纪诗人》之李瑛专辑,其中一首《雨中》是描写汽车兵的,我们去仓库找到了现存的唯一一辆青海湖牌卡车进行了拍摄,也是对话剧《大路朝阳》的怀念吧!

在青海为农牧民演出